# CUNARD

THE MOST FAMOUS OCEAN LINERS IN THE WORLD™

COLLECTION SÉRIE NOIRE
Créée par Marcel Duhamel

DOMINIQUE MANOTTI

# *Bien connu*
# *des services de police*

**nrf**

GALLIMARD

La garantie des droits de l'homme et du citoyen nécessite une force publique : cette force est donc instituée pour l'avantage de tous, et non pour l'utilité particulière de ceux auxquels elle est confiée.

Article XII de la Déclaration
des droits de l'homme et du citoyen (1789)

# PROLOGUE

## *Été 2005*

La voiture roule au ralenti, phares allumés, dans les ruelles désertes d'un quartier d'entrepôts à la périphérie nord de Paris. À cette heure tardive, au milieu de la nuit, l'ambiance de ce coin de banlieue est sinistre : grilles fermées sur des cours encombrées de détritus, rideaux de fer baissés et tagués, pavés défoncés, trottoirs effondrés, lampadaires éteints, silhouettes massives et noires des entrepôts, tassés les uns contre les autres. Le silence, l'immobilité sont tels que toute présence humaine évoluant à l'air libre ne pourrait être perçue que comme une menace. Dans l'habitacle de la voiture, faiblement éclairé, trois hommes, le chauffeur et ses deux passagers. Ils se ressemblent. Jeunes, costauds, cheveux ras, blousons de toile légère, jeans et baskets. Leurs gestes, leurs mots, leurs silences s'accordent, bouts de phrases sans importance, chewing-gums, rires, regards traînant aux alentours, dans une familiarité décontractée. Une radio grésille en bruit de fond sans que personne n'y prête attention. On se rapproche de Paris. Un cube de béton, coincé entre la zone d'entrepôts et le boulevard périphérique, apparaît au détour d'une ruelle. Cinq étages de parkings posés à l'entrée nord de Paris. À bord, la tension monte d'un cran. Les hommes se

9

redressent, soudain silencieux, attentifs, une touche d'excitation. La voiture s'engage lentement dans la voie d'accès. « Je suis chaud, ce soir », dit l'un avec un éclat de rire, la main posée sur l'entrejambe de son pantalon. Trois brefs coups de klaxon. Dans la guérite, le veilleur de nuit pivote sur son fauteuil, salue de la main, ouvre la barrière. La voiture pénètre dans le parking. Au rez-de-chaussée, elle longe sur la droite le bloc des escaliers, ascenseurs, toilettes, sur la gauche, trois longues allées, éclairées au néon industriel, et des voitures garées de part et d'autre, pratiquement pas une place de libre, elle s'engage dans la dernière allée, des filles sortent de l'ombre et s'approchent dans la lumière des phares. Quand elles reconnaissent la voiture, elles se regroupent, bloc silencieux, buté. Le chauffeur ralentit, s'arrête, moteur en marche. Les deux passagers sautent à terre. Paturel, grande carcasse un peu grasse, les yeux bleus délavés, le poil roux et la peau tachée de son, c'est lui le chef, ça se voit, jette un regard circulaire, compte les filles.

/Photo/

Dix. Il en manque une. Plus loin, à l'écart, une silhouette inconnue, assise sur le capot d'une Volvo. Il se tourne vers Marty, son second, debout derrière lui, et lui désigne la Volvo : « Va voir de quoi il s'agit », puis il s'adresse aux filles.

— Où est Carla ?

Une fille désigne les toilettes. « Avec un client. » Paturel rit, remonte son pantalon.

— Parfait. J'aime ça.

Il fonce vers les toilettes, ouvre la porte à la volée.

/Photo/

Une fille est appuyée sur le lavabo, le visage masqué par ses longs cheveux noirs, la jupe retroussée à la taille, un gros homme en veste, le pantalon sur les chaussures, la prend en levrette en ahanant.

— Salaud, hurle Paturel en tambourinant du poing contre la porte en bois. Ma sœur. Foutez le camp avant que je vous bute.

Le type a un hoquet de frayeur, couine, remonte son pantalon à deux mains et s'enfuit par l'escalier. Carla se redresse, cherche à rajuster sa jupe, Paturel, secoué de rire, lui gifle la nuque, la plaque d'une main contre le lavabo, de l'autre, défait sa braguette et la sodomise. La fille hurle. Deux coups de boutoir très violents, et Paturel jouit en râlant, un long râle contenu. Il lâche la fille qui tombe à genoux, se lave rapidement dans le lavabo. Putain, que c'est bon. Carla, cachée dans ses cheveux, à moitié nue, effondrée sur le carrelage, pleure sans bruit. Paturel se rajuste et retourne vers le parking.

Quand Paturel et Marty s'arrachent de la voiture, Ivan Djindjic, le chauffeur, un balèze aux cheveux noirs, sourcils noirs épais, arqués, lèvres rouges et teint blanc, embraye, avance au ralenti, la nuque raide, le regard fixe, droit devant, sans un coup d'œil vers le groupe des filles qui l'interpellent en riant dans un français à peine compréhensible : « Eh ! beau gosse, t'en va pas si vite, le puceau », il s'engage sur la rampe de montée et bascule sur le plateau du premier étage. Un jeune Noir, longue silhouette mince, chemise blanche flottante, déboutonnée sur un buste maigre et musclé, baladeur coincé dans la ceinture de son jeans, écouteurs sur les oreilles, danse en sortant de la cage de l'escalier. Le mouvement naît dans le bassin, se propage dans le buste, les bras, les jambes, le corps se désarticule brutalement, se fragmente, puis se bloque, un temps de suspension, le mouvement reprend et le corps se recompose. Ivan est d'autant plus saisi par la pureté des gestes qu'aucune musique ne vient les soutenir ou les parasiter. Dans l'immense espace de béton, il n'y a, en fond sonore, que le moteur au ralenti et la radio de bord, qu'il n'entend plus à force de ne pas l'écouter. Comme chaque nuit, dans ce parking, Balou vient à sa rencontre. En dansant pour oublier et faire oublier qu'il boite. Balou. Flash : une image forte comme un rêve qui reviendrait inlassablement, la première rencontre, il y a sept ans, déjà. Un adolescent noir, trempé de pluie, tremblant de froid dans un maillot trop grand du PSG, était accroché aux grilles du terrain de foot du Sporting Club de Sainteny et observait l'entraînement de l'équipe des seize ans, à laquelle Ivan appartenait. Il était resté accroché pendant près de deux heures sans un geste, sans un cri. Son regard halluciné s'était progressivement fixé sur Ivan, pour ne plus le lâcher, jusqu'à ce que celui-ci, de plus en plus maladroit avec le ballon, finisse par hurler de colère et se fasse renvoyer dans les vestiaires par les entraîneurs. Quand il en était sorti, pas encore calmé, le gamin était toujours là, cramponné à sa grille. Ivan avait fait un détour pour passer à côté de lui et lui allonger un solide coup de poing. « On n'aime pas le PSG, par ici. » Le gamin avait lâché prise d'un bloc, était tombé assis dans la boue, le visage gris de froid, claquant des dents, secoué de sanglots spasmodiques, sans une larme. Ivan, désemparé, l'avait traîné dans les vestiaires du club, douché, habillé de vieux vêtements secs. Ils s'étaient réfugiés dans une soupente, au milieu des ballons et des plots en plastique colorés, et avaient fumé une cigarette. Puis le gamin avait commencé à parler, d'une petite voix claire, neutre, au-delà de l'enfer. Il avait été acheté dans les rues de Bamako par un agent recruteur de footballeurs qui avait apprécié son talent sur les places en terre battue de la ville. Sa famille l'avait vendu avec plaisir, et lui était parti le cœur en fête. Il avait débarqué dans un club portugais où tout avait bien commencé. On admirait sa maîtrise balle au pied, on lui prédisait un avenir radieux. Et puis, trop d'entraînements sur un corps à peine adolescent, un tacle particulièrement méchant, et ce fut la vilaine blessure, fracture de la cheville avec arrachement des ligaments, grave et mal soignée. Il ne pourrait plus jouer pendant un an ou deux, peut-être plus jamais, et risquait même de rester boiteux. D'abord, le désespoir. Retourner à Bamako, avec quel argent ? Infirme, le regard des siens... Et puis, le miracle. Dès qu'il avait recommencé à marcher, l'entraîneur du club portugais lui avait annoncé que le PSG, le grand club parisien, le rachetait et allait lui signer un contrat d'apprentissage. Le PSG, on en parlait, à Bamako, le club des Brésiliens, Ricardo, Ronaldinho. Là-bas, à Paris, il serait bien soigné, aurait le temps de se rétablir, et jouerait peut-être un jour dans la grande équipe. Le lendemain, l'entraîneur l'emmenait en voiture jusqu'à la frontière française, le posait dans une gare avec un billet aller pour Paris et un maillot du PSG, qu'il devait enfiler en descendant du train pour que le responsable du club qui viendrait l'attendre à la gare puisse le reconnaître. À la gare, personne ne l'attendait. Il avait marché jusqu'au Parc des Princes, dont il avait appris le nom à Bamako. Jouer un jour sur la pelouse du Parc des Princes, un rêve de seigneur. Son histoire avait fait rire les gardiens du stade. Il avait marché jusqu'à Sainteny, au hasard, à la recherche de foyers de Maliens, qu'il n'avait pas trouvés. Il s'était accroché à la grille du Sporting Club, parce que c'était encore l'univers du foot, à l'endroit précis où Ivan l'avait ramassé. Il avait quatorze ans.

Balou s'approche en chaloupant, il a enlevé les écouteurs, il se penche à la vitre, la peau très foncée, des traits fins, extrêmement mobiles, le nez droit, et une masse de cheveux raides comme des baguettes, coupés au bol, qui lui dessine une sorte d'auréole enfoncée jusqu'aux oreilles. Il frappe dans la main d'Ivan, deux fois, puis fait le tour de la voiture et grimpe à la place que Paturel occupait quelques instants plus tôt. Ivan démarre en souplesse, roule lentement, parcourt une allée, puis l'autre, entre les voitures immobiles. Il n'y a personne. À cette heure, dans les étages, il n'y a jamais personne.

Paturel revient vers le parking. La voiture est montée dans les étages. Un peu de temps devant soi, avant qu'elle ne redescende. Plus loin, Marty s'occupe de la fille sur la Volvo, celle qu'on ne connaît pas, et s'emploie à faire connaissance. Les autres sont là, toujours en groupe, blondes ou brunes, des filles de l'Est, Bulgares, Roumaines, Tsiganes, solidaires mais résignées, elles l'attendent, les aléas du métier. Pas une Noire. Paturel n'en veut pas dans le parking. Il ne veut pas prendre le risque d'avoir des emmerdes avec les mères maquerelles africaines, il ne sait pas comment les gérer. Les hommes sont plus classiques.

Il passe d'une fille à l'autre, rapide. Une main dans un soutien-gorge ressort avec un billet de vingt coincé entre deux doigts.

/Photo/

Sourire, comme une excuse : « La main collante. » Il fouille un sac, empoche une dose d'héro. « Pas ça, dit la fille, j'ai

14

besoin… » Il la gifle, pas trop fort, juste pour la faire taire. Une main aux fesses, deux trois claques.

/Photo/

Au total, il ne ramasse guère plus d'une centaine d'euros. Pas cher, pensent les filles, pour pouvoir travailler tranquille, à l'abri des intempéries et des rafles policières par ces temps de loi antiputes. Mais Paturel n'est pas un mac, les filles ne le font pas vivre. Tout juste rêver. Un mâle ivre de sa toute-puissance.

Carla n'est pas réapparue.


Balou a posé son baladeur sur la paume de sa main grande ouverte, sourire radieux.

— Tu vois la petite merveille ? Ultraplat, ultraléger, ultra-performant. Une grande marque : TDC (Tombé Du Camion). J'en ai écoulé mille en trois jours. De la folie, mon frère.

— Tu te la joues ? Avec moi ?

Balou a cessé de sourire.

— Qu'est-ce que tu faisais hier ? Tu n'es pas venu à l'entraînement de ton équipe, au Sporting Club. Ça ne te ressemble pas.

— Tu y étais, toi ?

— Bien sûr, je te cherchais. J'ai des choses à te dire, et il nous faut un peu de temps tranquille.

— J'étais pas dans le coin.

— C'est pas une réponse. Le foot, c'est sérieux pour toi d'habitude. Raconte. Tu étais avec une meuf ?

Deuxième étage. Les voitures se font rares. Ivan regarde au loin, silencieux, Balou continue :

15

— Donc, le grand chef avait vu juste. Il m'a dit que tu avais trouvé une meuf…

Ivan grogne.

— Un vrai canon, paraît-il. Pourquoi tu ne m'en as jamais parlé ? C'est vrai ou c'est pas vrai ? À moi, ton frère, tu ne dis rien ?

Ivan baisse les yeux, sourire retenu.

— Je veux pas me porter malheur.

— Alors, c'est vrai.

Balou s'enfonce dans le siège, remet les écouteurs du baladeur sur ses oreilles, sans le son, histoire de s'isoler, de se donner une contenance. Une boule dans la gorge et un goût de sel dans la bouche. Il rumine. Maintenant, c'est une certitude, je le sens, je le sais. Ivan se prépare à partir en douce, à me plaquer. Mon frère me lâche.

— Essaie de comprendre, Ivan. Sept ans. Sept ans de galère. OK, je te dois d'être encore en vie. Ce parking, c'est pas le paradis, mais, pour moi, ça n'a déjà pas été facile d'arriver jusqu'ici. Un long temps d'arrêt. D'accord, j'ai un commerce régulier avec les filles, c'est une sécurité, mais j'ai pas l'intention de m'arrêter là et d'y faire ma vie, c'est clair. Toi non plus, OK. Mais je commence à sortir du trou, pour la première fois j'ai l'impression d'avoir un avenir, c'est de ça que je veux te parler tranquillement. Pour y arriver, j'ai besoin de toi encore une fois, j'ai besoin d'un dernier coup de main, c'est pas le moment de me laisser tomber.

Ivan a de nouveau ce sourire de grand timide, de grand silencieux, yeux baissés.

— Tu vois bien que je suis là.

Et il se tait. Comment dire : « Partir, c'est plus qu'un projet, c'est déjà une réalité. Le 8 septembre, je suis loin, ailleurs. Sans toi. Je veux oublier ma vie ici, t'oublier toi aussi, avec le reste. » Comment dire : « Je vais te laisser tomber, mon frère, parce que pour moi c'est une question de vie ou de mort » quand les mots vous échappent, obstinément ?

Marty appelle Paturel, sa voix grimpe dans les aigus.

— Viens voir ce que j'ai trouvé. Il a plaqué la fille contre la Volvo, elle s'est débattue avec violence, maquillage brouillé, perruque blonde en perdition et lui, à court de souffle, a peiné à la maîtriser pour la peloter tranquillement, histoire de faire connaissance. Après les seins siliconés, il est passé vite, c'est pas mon truc, je préfère plus moelleux, il est tombé sur un sexe d'homme qui pend maintenant à l'air.

/Photo/

— Qu'est-ce qu'on fait, Pat ?

— On taxe et on ne touche pas. Lâche-le.

Paturel saisit un bras du travelo et serre de toute sa force.

— Mon copain et moi, on n'est pas intéressés par les dons en nature de tarés dans ton genre. Mais on est des libéraux. On veut bien te laisser bosser. Pour toi, cette nuit, ce sera cent euros.

Il lâche le travelo, traces violacées sur le bras, qui paie et se rhabille, sans un mot.

La voiture poursuit sa ronde, sans accélérer, au troisième puis au quatrième étage, très peu de voitures, le cinquième est totalement vide, et amorce la descente, toujours au ralenti. Balou a remis la musique et ondule sur son siège, les yeux clos. Il songe qu'Ivan est bel et bien sur le départ, maintenant, c'est une certitude. S'il ne fait rien, il va lui échapper, rien ne pourra le retenir. Il va falloir réfléchir vite, trouver un truc pour faire pression, pour le coincer, l'obliger à lui rendre ce dernier service. Question de survie. Premier étage, Ivan stoppe, Balou sort de la poche arrière de son jeans une enveloppe en papier kraft, la glisse dans la boîte à gants qu'il referme d'un geste sec.

— La taxe pour ton patron. Toujours aussi cinglé ? Lui, c'est un grave. Tu lui présenteras mes hommages. Et prends garde à toi, frère.

Balou descend de la voiture et s'éloigne en dansant. Ivan le suit des yeux jusqu'à ce qu'il disparaisse dans la cage de l'escalier. Triste sans vouloir savoir pourquoi.

Au rez-de-chaussée, Paturel et Marty montent dans la voiture. Paturel ouvre la boîte à gants, prend l'enveloppe brune, vérifie la présence de trois sachets en plastique à l'intérieur et sourit.

— En route, Ivan. Ici, tout est calme. Rien à signaler.

Il se penche vers la radio de bord qui annonce en crachotant : « Début de bagarre sur le trottoir en face du 19 de la rue des Lions, à Panteuil. Trois hommes seraient impliqués, peut-être armés de couteaux. » Il décroche le micro : « BAC Panteuil, voiture 7. On prend la rue des Lions. On est sur place dans deux minutes. » Il se tourne vers Ivan. « Roule. On a encore une chance de faire des crânes avant de rentrer à la maison. »

Sébastien Doche sort de la station de RER-Gare de Panteuil vers six heures trente du matin. Une grande carcasse d'un mètre quatre-vingt-sept, en blue-jeans et chemisette blanche à manches courtes, un visage rond, joues rouges, yeux bleus écarquillés, cheveux châtains très courts, à peine plus de vingt ans. Premier contact avec cette ville qui va devenir son territoire. Une grande heure pour repérer les lieux. La gare jouxte un vaste quartier de tours-bureaux flambant neuf, à cette heure-ci encore désert. Il lui tourne le dos, et enfile la grande avenue Édouard-Vaillant qui relie la gare au centre-ville. Elle est bordée d'immeubles modernes disparates, sans vraie élégance. L'air est lumineux et frais, il prend plaisir à marcher. Succession de plaques de médecins, avocats ou autres, quelques agences immobilières, le quartier des professions libérales clouées à cette banlieue, parce qu'elles ne sont pas bien riches, mais ce n'est pas faute d'essayer. Au bout de l'avenue, le centre-ville, il l'avait repéré sur le plan, est formé d'un entrelacs de rues étroites bordées de maisons basses de deux ou trois étages, des constructions anciennes, il devine les couloirs sombres, les escaliers raides, les courettes enchevêtrées, les appartements étroits et surpeuplés. Doche tombe sur une venelle déserte bordée de maisons d'un étage en briques rouges, étroites, appuyées les unes aux autres, un perron de trois marches en pierre devant chaque porte d'entrée peinte en blanc. Des maisons ouvrières du siècle dernier, bien entretenues. Derrière chacune, sans doute un lopin de terre, un carré potager. L'endroit est charmant, et Doche imagine par un beau soir d'été un dîner de rue entre voisins, chacun apportant sa table, sa chaise, à boire et à manger. Un peu plus loin, le croisement des deux rues les plus commerçantes et la station de métro identifient le cœur de la ville, occupé par un supermarché, un vaste centre commercial et un ensemble d'immeubles HLM récents, construits avec soin, sur plusieurs niveaux de circulation, balcons et terrasses à tous les étages croulant sous la verdure. À droite, l'église, modeste, à gauche, la mairie, beaucoup plus solennelle, un peu plus loin, le marché couvert vient d'ouvrir ses grilles, les comptoirs se remplissent de marchandises. À l'entrée, un épicier égyptien met en place des sacs d'épices entrouverts sur des poudres violemment colorées. Doche lorgne du coin de l'œil, mais n'ose pas entrer. Il s'arrête pour boire un petit noir au bar d'en face. Ensuite, cap vers l'est et les cités, tenues à l'écart de la ville, rejetées de l'autre côté du canal, aux confins de la commune. Il prend l'avenue Jean-Jaurès, rectiligne, passe devant le commissariat de Panteuil, un grand cube de deux étages, en béton et en verre de construction récente, posé à deux pas du canal. Verres de sécurité teintés, aucune fenêtre, une protection grillagée au rez-de-chaussée, il ressemble plus à une forteresse qu'à une maison commune. Il faudra sans doute s'y faire. Il continue sa route, franchit le pont. La cité des Musiciens à gauche, celle des Astronautes à droite. Des deux côtés, les mêmes successions de barres et de cubes, les parkings envahissants, quelques bacs à sable fatigués, déserts à cette heure, des langues d'herbe rare, des ensembles beaucoup plus sinistres et délaissés que celui du centre-ville. Des gens se hâtent en direction du métro, à une petite demi-heure de marche, et lui jettent en passant des regards qui lui disent qu'il est un étranger, donc méfiance. Pourtant, les gens d'ici sont comme ceux de chez lui, dans le Nord, il n'est pas dépaysé. Des bons souvenirs. Leurs équipées, à Khaled et à lui, les courses sur des scooters volés, ivres de shit, sans casques, des petits dieux, libres, le grand bonheur. Khaled devant, toujours devant, tellement brillant au volant de n'importe quelle mécanique qu'on l'appelait Schumi. Pas que des bons souvenirs. Ce jour où Schumi a dérapé, le choc, la chute, la tête sur le trottoir, la tempe enfoncée, et lui, agenouillé à côté de Schumi mort sur le coup, sanglotant, décide de changer de vie. Cette ville est faite pour lui, il va l'aimer.

À huit heures moins cinq, Doche est de retour devant la grande porte du commissariat de Panteuil. Il est convoqué à huit heures, pour prendre son premier poste, son premier vrai boulot, gardien de la paix stagiaire. Il aimerait donner un peu de solennité à l'instant, mais il ne sait pas comment s'y prendre. Aussi, quand il entend grésiller la gâche électrique, il pousse la porte, et entre tout simplement dans le hall d'accueil, une grande pièce aveugle, au cœur du bâtiment. Bouffée d'air tiède, odeur suffocante de renfermé et de désinfectant, lumière blanche et dure des néons industriels, au sol, un épais lino kaki, marqué de traînées noires, des murs vert pâle qui virent au gris, dans un coin, un comptoir en bois écaillé derrière lequel s'affaire un homme en uniforme

21

et, au centre de la pièce, un petit miracle, une très jeune et jolie blonde, debout, paumée, pomponnée comme pour aller à la fête, avec son chignon soigné, deux mèches bouclées qui ombrent les joues et le cou.

Elle lui sourit.

— Isabelle Lefèvre, adjointe de sécurité. Elle hésite. Mon premier poste.

— Moi aussi.

— Ça se voit.

Ils rient, se serrent la main.

Et puis un grincheux en uniforme ouvre une porte vitrée sur laquelle on lit : « Poste de garde », et les aborde : « C'est vous les nouveaux ? Suivez-moi. »

Au pas de charge, il les entraîne vers le premier étage, entièrement occupé par des bureaux dont les portes sont fermées. Ambiance propre et calme.

— Le domaine des administratifs et des policiers en civil, commente le guide. Vous ne les verrez pas beaucoup, ils nous évitent. — Il leur montre l'escalier central du commissariat, qui monte vers le deuxième étage, garni d'une moquette entre le premier et le deuxième étage. — Là-haut, le domaine des grands chefs. Vous n'aurez pas l'occasion d'y aller, sauf pour vous faire engueuler, en cas de grosse catastrophe.

Dans un bureau, formalités administratives, puis l'armurerie. Arme réglementaire, un Sig Sauer 9 mm, pistolet automatique à quatorze coups, dans son étui. Doche a une bouffée de panique. Certes, il l'a déjà porté, pendant ses stages de formation. Mais aujourd'hui, c'est « en vrai ». Une sorte de mariage pour la vie qui fait désormais de lui un homme différent. D'autant plus impressionnant que, après quatre séances de tir à l'école de police, il a la certitude de ne pas savoir s'en servir. Il glisse un coup d'œil vers Isabelle, qui se saisit de l'arme et du ceinturon, pas plus émue que cela, semble-t-il. Pas le temps de gamberger, déclare leur guide, et ils dégringolent vers le sous-sol.

Au pied de l'escalier, un couloir étroit, des portes à gauche et à droite, les archives, quelques machines, les réserves de papier et de matériel de bureau, puis ils pénètrent dans la grande salle.

— La salle d'appel et de repos, annonce le guide.

Des lumières blanches, comme au rez-de-chaussée, la même odeur rance et piquante, le même lino kaki, et la même couleur délavée des murs marqués de traînées grisâtres par endroits, des tables et des chaises disparates en formica, un grand tableau, quelques affiches, surtout de films policiers, avec toute une galerie de gros durs et d'armes à feu.

— Faut pas être claustro pour arriver à se reposer ici, remarque Isabelle à haute voix. Puis elle se penche vers Doche et murmure : Pourquoi tout est si sale ? À l'extérieur, ça avait l'air presque neuf...

Le vieux flic les regarde en souriant d'un air torve.

— C'est sale parce qu'on fait un métier sale, comme ça, on se sent chez nous. Vous verrez... Au fond, derrière la cloison, vous avez les vestiaires. Mettez-vous en uniforme, et venez ensuite au poste de garde, au rez-de-chaussée, on vous donnera vos affectations.

Sur ce, il les abandonne. Dans les vestiaires, les hommes à droite, les femmes, pas nombreuses, cinq tout au plus, à gauche, des rangées de casiers métalliques, et deux salles de douche. Dans le vestiaire des hommes, sur une armoire métallique, une affiche tout en longueur, une femme nue, pose lascive, seins dressés, tire la langue à Doche. Il lui tourne le dos. À côté des vestiaires, un distributeur de boissons chaudes, une fontaine d'eau fraîche, un petit frigo, une plaque électrique et un four à micro-ondes posés dessus. Sommaire.

Le sous-brigadier Montero rejoint le poste de garde en bougonnant :

— Des jeunots, chef, des jeunots. C'est pas croyable. Ils nous gavent avec leurs histoires de formation et de qualification. Moi, l'année dernière, il a fallu que je me tape cinq jours de formation permanente, à deux cents kilomètres de chez moi, et je te dis pas pour quoi faire, et ils nous envoient une fois de plus des gamins. Et une ADS par-dessus le marché, encore une qui n'a pas été foutue de réussir le concours de gardien. C'est te dire comment ils nous considèrent.

Il s'assied derrière le comptoir, à côté du brigadier-chef Genêt, qui soupire.

— Cherche pas. Ils nous considèrent comme une pouponnière. Quand ils comprendront qu'un commissariat de banlieue n'est pas une pouponnière, on pourra peut-être commencer à travailler sérieusement.

Le troisième homme, le gardien Reverchon, chargé des cellules de garde à vue, ricane.

— La blonde est baisable. Je ne vois pas de quoi vous vous plaignez.

Les deux jeunes recrues entrent dans le poste de garde, très raides. Isabelle Lefèvre a choisi, pour ce premier jour, de mettre la jupe d'uniforme, qu'elle porte avec des chaussures de cuir plutôt élégantes. Genêt la dévisage. « Votre tenue n'est pas réglementaire. Coiffez-vous, attachez vos cheveux, pas de mèches qui dépassent. Et demain, portez des chaussures réglementaires. » Isabelle rougit violemment. « Gardien Doche, vous êtes affecté au bureau des plaintes. Vous aiderez le sous-brigadier Robert, un policier chevronné, pas de meilleur endroit pour apprendre le métier. Nous comptons sur vous, gardien stagiaire Doche. La porte en face, dans le hall d'entrée, vous commencez tout de suite, Robert vous attend. »

Doche hésite. Isabelle a reculé de quelques pas, elle lui tourne le dos. Il voudrait lui parler, lui toucher le bras. Il n'y parvient pas et quitte le poste de garde.

Puis Genêt se tourne vers Isabelle, qui rajuste son chignon.

— Vous, vous êtes affectée à la patrouille auto du centre-ville. Prise de service à quatorze heures. Soyez à partir de treize heures quarante-cinq en salle d'appel.

Isabelle s'efforce de paraître calme.

— Qu'est-ce que je fais en attendant ?

Reverchon se lève.

— J'ai rien à faire pour le moment, chef. Je peux faire visiter les locaux à l'adjointe Lefèvre ?

Genêt accepte, Reverchon entraîne rapidement Isabelle vers les étages, et Montero continue à grommeler. Ce connard de Reverchon ne pense qu'à baiser.

Pour rejoindre son poste, Doche traverse le hall, dont l'aspect, en peu de temps, a beaucoup changé. Des hommes, des femmes, de toutes conditions, de toutes couleurs, s'y bousculent, à peine quelques chaises pour s'asseoir. Il fait déjà très chaud, l'odeur de renfermé, de sueur et de désinfectant, très forte, pique le nez, le comptoir en bois qui fait fonction de bureau d'accueil est cerné de râleurs qui bougonnent et regardent Doche de façon agressive quand il passe auprès d'eux. Ça va être dur, te voilà prévenu.

Le bureau des plaintes, porte close au public, est encore un havre de calme. Le sous-brigadier Émile Robert, la quarantaine rondouillarde et souriante, l'accueille avec une chaleureuse poignée de main. Enfin... Doche l'embrasserait.

— Bienvenue dans la maison. Tu verras, dans notre ville, c'est plein d'Arabes, alors c'est un peu tous les jours l'Intifada. Pas toujours facile, mais on s'y fait. Et puis l'ambiance ici, entre collègues, est très famille.

Il lui a préparé son poste de travail, derrière le bureau, à côté de lui, et prend le temps de lui expliquer ce qu'il a à faire.

— Aujourd'hui, ton travail est très simple, tu te mets dans le bain, tu me regardes faire. Quand j'ai pris la déposition, tu la sors sur l'imprimante en trois exemplaires, tu mets les tampons, tu fais signer par le plaignant, tu classes dans ce dossier, et moi je me charge de faire suivre dans les services compétents, en cas de besoin. Quand notre client est parti, tu me poses toutes les questions qui te viennent, n'hésite pas, je suis là pour ça. — Il se dirige vers une machine à espressos, posée sur l'appui de la fenêtre. — Un petit café, avant d'attaquer ?

Doche accepte. Robert lève sa tasse, comme pour un toast.

— À la santé du petit nouveau.

Un café brûlant, très noir, sans sucre : Doche le prenait long et sucré, là-haut, dans le Nord. Toutes ses habitudes sont bousculées, et il aime ça. Puis Robert ouvre l'interphone relié à l'accueil.

— On est prêts, Michel. Envoie les clients.

Après avoir promené la nouvelle recrue dans les étages au pas de charge et l'avoir présentée, en procédure accélérée, au personnel administratif, Reverchon l'entraîne au sous-sol. Au pied de l'escalier, à droite, avant la salle de repos, dans un réduit, deux photocopieuses. Reverchon pousse Isabelle à l'intérieur, ferme la porte d'un coup de pied et, dans l'élan, passe la main sous sa jupe, arrache sa culotte, la soulève, l'assied sur la photocopieuse et, avant qu'elle ait compris ce qui lui arrivait, déclenche la machine. Une photocopie du sexe d'Isabelle, écrasé sur la vitre, sort en ronronnant, Reverchon se penche pour la ramasser, Isabelle bascule le buste en arrière, plie les jambes et lui décoche un coup de pied en plein visage qui lui éclate une pommette. Reverchon pousse un cri qu'il cherche à étouffer, et s'enfuit, la photocopie à la main.

Isabelle glisse par terre, au pied de la machine, au bord de l'asphyxie, bouche et gorge sèches, aphone. Elle cherche à calmer la bête affolée et enragée qui palpite entre ses côtes. Une petite fille rêvasse dans les toilettes, tout au bout de l'appartement, et une main d'homme, monstrueuse, fouille à l'intérieur de son corps, ce souvenir enfoui si profond remonte du fond du ventre avec fracas, prolifère, l'envahit, l'aveugle de sang palpitant. Elle se souvient. Colère et méfiance. Être flic, c'était aussi se mettre à l'abri de cette violence-là, pensait-elle. Plus jamais ça, debout, bats-toi. Elle se relève, tire sur sa jupe, vérifie son ceinturon et son arme, assure son chignon, essuie son visage. Elle grimpe l'escalier quatre à quatre, fait irruption dans le poste de garde où Reverchon, photocopie en main et mouchoir sur la pommette, raconte une histoire à ses collègues, la sienne probablement, un peu arrangée, mi-rigolard, mi-pleurnichard. Elle attrape la photocopie au vol, la fourre dans sa poche, s'appuie sur le bureau, penchée vers Genêt, les yeux dans les yeux, tire son arme, la pose devant elle, entre eux deux, et grince :

— OK, aujourd'hui, je la boucle, et je rentre chez moi prendre un bain. Mais si un mec, dans cette boutique, me touche de nouveau, je le tue. Compris, chef ? À demain.

Elle ramasse son arme, la glisse dans son étui dans un geste rapide et précis, que Genêt trouve très professionnel, et s'en va en claquant la porte.

Genêt, soulagé, pas de scandale dans l'immédiat, siffle entre ses dents.

— Chapeau, la petite nouvelle. Il se tourne vers Reverchon. Il vaudrait mieux que tu poses ta demande de congé maladie, vieux, elle sera acceptée. Et te presse pas de revenir.

Au bureau des plaintes, la matinée s'écoule en douceur. Un cadre supérieur, en costume-cravate, déclare le vol de sa voiture, une Mercedes classe C, dans le parking de la tour Parillaud, dans le quartier des tours-bureaux, la veille dans l'après-midi. Agressif et pressé. Le sous-brigadier Robert le laisse parler sans lui prêter la moindre attention, pendant qu'il relève soigneusement les numéros portés sur la carte grise.

— Vous allez me retrouver ma voiture ? demande l'homme au costume.

Robert le regarde d'un air candide.

— Le dossier sera transmis, monsieur, la suite ne regarde pas mon service.

L'homme s'en va en râlant contre l'impuissance de la police et le laisser-aller général.

— Nous avons une chance de la récupérer ? demande Doche.

Robert jubile, content de déniaiser le petit nouveau.

— Peut-être, on ne sait jamais, par hasard. Puis, plus pragmatique : Nous prenons la plainte parce que ce type en a besoin pour son assurance, ensuite on met sa bagnole dans le fichier des voitures volées, qu'est-ce que tu veux qu'on fasse de plus ?

*

La commissaire Le Muir sort de la préfecture de Bobigny, beau visage de blonde autoritaire, grande silhouette charpentée, en tailleur-pantalon beige, une serviette en cuir fauve à la main. Elle est d'une humeur massacrante, encore deux heures de perdues dans des réunions inutiles, avec des fonctionnaires timorés. Sa voiture l'attend. Elle monte à l'avant, à côté du chauffeur, qui ferme le polar qu'il lisait en l'attendant. Elle lâche un soupir de soulagement, étend ses jambes, sort son paquet de cigarettes, Dunhill blondes, en allume une, ferme les yeux, exhale la fumée. Pasquini, le chauffeur, met un CD dans l'autoradio, la *Quarantième Symphonie* de Mozart, il connaît ses goûts, et démarre en douceur. Elle écoute quelques mesures, puis rouvre les yeux et lui sourit. Une vieille complicité entre eux deux. Pasquini est né dans une famille de pieds-noirs, son père était policier à Alger. Sa longue sympathie pour l'OAS lui a valu une révocation, puis une réintégration dans la police nationale. Le père de Le Muir était colonel dans l'infanterie, pendant la guerre d'Algérie, et ne s'est jamais remis ni de la défaite finale, ni de son ralliement à de Gaulle contre l'OAS, par prudence, par lâcheté, en faisant le deuil de toutes ses convictions.

29

L'héritage de la nostalgie coloniale est le terreau qui soude Le Muir et son chauffeur.

— On rentre au commissariat. Passez par la route du canal du Nord.

Elle regarde défiler la banlieue en pensant à Pasquini. Il est entré dans la police comme gardien de la paix en 1980, il a été de toutes les aventures de l'extrême droite policière, depuis la manifestation de 1982, pour le rétablissement de la peine de mort et le droit de tirer sans sommations, jusqu'aux équipées des groupes paramilitaires du FN, spécialistes de l'infiltration, de la provocation, du maniement des armes et des explosifs. Le Muir se tourne vers lui, le dévisage. Cela ne l'a pas empêché de continuer sa carrière de fonctionnaire, promotions à l'ancienneté et au choix, aujourd'hui, il est brigadier-major, d'où l'interrogation, inévitable, la question à cent balles : Dans quelle mesure n'est-il pas un agent double, un infiltré des RG dans l'extrême droite ? Prudence de rigueur. Mais, au fond, qu'est-ce que ça change ? Qui tient qui ?

La voiture entre dans Panteuil par la route qui longe le canal sur la rive des cités. Le Muir fait signe à Pasquini de s'arrêter.

— Regardez. Vous connaissez ce coin aussi bien que moi.

Tous deux contemplent en silence le canal, immobile et gris, toujours gris, même par grand ciel bleu, les champs de ruines et de friches qui s'étendent sur l'autre rive et, au-delà, les constructions modernes et le centre-ville. On aperçoit même le clocher de l'église. Pasquini pense très fort que la commissaire ne l'a pas amené à cet endroit précis par hasard et ça le met mal à l'aise. Il décide de la laisser venir.

— Je trouve le coin très romantique.

— Romantique… Bravo. Cet amas de hangars déglingués sur des terrains vagues miteux, peuplés de braves petites entreprises de recel, fraudes et truandages divers, trois immeubles pouilleux, deux squats en ruine surpeuplés de clandestins et de drogués, plus un meublé qui ne vaut pas mieux. Pour faire bonne mesure, ajoutez deux camps de Manouches sous le pont de l'autoroute. Dès que la nuit est tombée, nous ne pouvons plus y mettre les pieds. Impossible de nettoyer un espace pareil. Romantique… Le plus grand supermarché de la drogue du département. Vous me surprenez, Pasquini.

Elle se tait, suit quelques mesures de la *Quarantième Symphonie*, et s'apaise. Pasquini, muet, fait mine de s'abîmer dans la contemplation du paysage. Elle reprend :

— Ce matin, j'ai de nouveau proposé à la Commission départementale du logement qu'on commence le nettoyage de la zone par l'expulsion des deux squats de la rue Vieille, et la destruction des immeubles qui les abritent. J'ai argumenté sur l'absence totale de mesures de sécurité, sur la mise en danger des occupants eux-mêmes. Il y a cinquante excellentes raisons de tout boucler.

— Ce n'est pas la première fois que vous posez ce problème.

— Non. J'ai vérifié. Je l'ai fait inscrire à l'ordre du jour sept fois en deux ans.

Pasquini se décide à une ouverture prudente.

— Vous savez, dans le coin, les projets de rénovation urbaine ne manquent pas, ni les investisseurs potentiels. Mais ils sont impuissants tant que les terrains ne sont pas dégagés.

— Je sais. Je sais aussi qu'il ne faut compter ni sur les élus ni sur le préfet. Personne ne veut bouger. Le maire s'oppose à toute expulsion qui nuirait à son image et à sa réélection, pense-t-il. Le préfet n'a pas d'ordres et ne veut pas d'ennuis, les communes limitrophes ne veulent pas récupérer la merde. Non, je crois que je n'ai aucune chance de débloquer la situation de ce côté-là.

— Alors ?

Le Muir regarde Pasquini en souriant, rajuste son chignon d'un geste distrait et dit sur le ton de la plaisanterie :

— Alors, j'attends, une intervention divine, un miracle, une catastrophe, au choix. Un incendie, un tremblement de terre, une éruption volcanique, le départ en masse des Africains qui décident de rejoindre leurs terres en traversant la Méditerranée à pied sec comme Moïse la mer Rouge, tout est bon, je prends tout. Après, dans les deux ans qui me restent dans ce poste, toute la zone est en rénovation urbaine, les chiffres de la criminalité s'effondrent... Elle se redresse sur son siège. Arrêtons de rêver et de faire de la poésie, Pasquini, et rentrons au commissariat.

La commissaire Le Muir est montée dans son bureau. Elle consulte son courrier, la main courante, les premiers rapports de la journée, appelle le brigadier-chef Genêt au poste de garde. Comment ça se passe avec les petits nouveaux ? Impeccable. Rien à signaler. Elle dispose encore d'une demi-heure avant de déjeuner, juste le temps de boucler son rapport sur la séance de commission de la matinée, elle cherche son dossier, ne le trouve pas, appelle son chauffeur sur son portable.

— Pasquini, je viens de m'apercevoir que j'ai oublié dans la voiture une chemise orange, contenant les papiers de la commission...

— Oui, madame, je l'ai trouvée.

— Voulez-vous me la rapporter, tout de suite ?

*

Le défilé continue au bureau des pleurs. La routine, rien que la routine, dit Gros Robert. Un cambriolage. Un vieillard de quatre-vingt-douze ans détroussé et assommé chez lui par un faux infirmier. Un vol de GPS dans un 4X4 BMW. « Ce type, tu as vu l'arrogance », commente le sous-brigadier après son départ, « une bagnole que je pourrai jamais me payer avec mon salaire. L'argent de la drogue, c'est sûr, un fellouze qui vient pourrir notre pays, et en plus il est français. » Une femme battue. Robert l'écoute, dit quelques mots gentils et prend sa plainte. Vient ensuite un épicier tunisien dont la camionnette a été forcée et vidée de sa marchandise, devant sa boutique, pendant qu'une bande de gamins détournait son attention au fond du magasin, avant de s'enfuir en riant. Robert embraye sur un ton bonhomme :

— La camionnette n'a pas été volée, personne n'a été frappé et tu n'as pas vu les voleurs. On va pas embêter le procureur avec ça, pas vrai ? Et comme l'épicier s'obstine, Robert se fâche : Je ne prends pas ta plainte, c'est tout. Dégage de mon bureau. Si t'es pas content, retourne dans ton pays.

L'épicier s'en va en maudissant la terre entière dans un chapelet de phrases bien senties en arabe. Devant l'air ahuri de Doche, Robert prend d'abord l'affaire à la légère.

— Ce sont les consignes, mon bonhomme. Il faut faire baisser les statistiques de la criminalité et augmenter celles des résultats, donc limiter au maximum les dépôts de plain-

33

tes dans des affaires qu'on ne résoudra pas. Moi, je suis jugé et noté sur ma capacité à le faire. Alors, je le fais. On ne retrouvera ni les voleurs de l'épicier ni les voleurs de la Mercedes, mais c'est plus facile d'envoyer un épicier arabe se faire foutre qu'un cadre de banque. Vu ? Puis Robert devient amer : Nous, les flics, on n'a pas d'illusions à se faire, on n'arrivera pas à faire évoluer la société mais, au moins, des bons chiffres, ça peut faire évoluer une carrière et, crois-moi, la mienne, de carrière, elle en a besoin. Dans ce commissariat, je suis en enfer, j'ai dix ans de plus que tout le monde, et je suis seulement sous-brigadier. J'ai pas l'intention de le rester jusqu'à la retraite.

D'un geste furieux, il branche l'interphone.

— Michel, pause-déjeuner.

*

Quelques coups secs à la porte, Ivan se réveille en sursaut, regarde l'heure, douze heures cinquante-cinq, c'est bon, il se lève dans l'obscurité en vacillant, marche jusqu'à la porte, complètement nu, ouvre, Balou entre, il lui fait signe de s'installer et passe directement sous la douche. Balou remonte les stores noirs qui obstruent les deux vasistas, taches de ciel bleu, le soleil entre à flots. Puis il se dirige vers le coin-cuisine, un évier, un réchaud à gaz sur une table en formica et un frigo, met de l'eau à bouillir, prépare deux rations de spaghettis, hache des tomates fraîches et du basilic, cherche du fromage, n'en trouve pas, prépare une salade de fruits, mangue, kiwis, bananes. Quand Ivan sort de la salle d'eau, en short et tee-shirt, la table est mise, au milieu de la pièce, et Balou a servi deux tasses de thé très fort pour boire en attendant que les pâtes cuisent. Ils le boivent en silence, Ivan garde un œil sur le réveil, Balou cherche une ouverture. Après avoir servi les spaghettis, il se décide :

— Je suis venu te parler de moi, Ivan. Une hésitation. Je te dois d'être encore en vie…

Ivan l'arrête et, la voix rauque, un reste de sommeil tout proche, ou l'émotion :

— Tu te souviens… Quand nous nous sommes rencontrés, ma mère m'avait vidé, parce qu'elle avait un nouvel amant qui ne pouvait pas me blairer. Je vivais à moitié dans la rue, à moitié au club de foot, et je crevais de solitude. Après, je n'ai plus jamais été seul. Alors, tu me dois rien…

Balou se concentre sur ses spaghettis qu'il enroule sur sa fourchette avec efficacité, et même une touche d'élégance. Puis il relève la tête.

— On va pas revenir sur l'histoire ancienne. D'une certaine façon, j'ai fini par faire mon trou à Panteuil. Au début, j'ai eu du mal avec les Manouches, parce que je viens de nulle part, ils ne connaissent pas ma famille, personne ne peut répondre pour moi. Mais, à la longue, ils ont compris que j'étais quelqu'un de sérieux, que je payais mes fournisseurs, régulièrement, sans embrouilles. Ils apprécient que je sois arrivé à gérer Paturel sans dégâts. Et que je sois discret. J'habite toujours mon squat, je ne frime pas, je ne flambe pas. Balou se tait un instant, vague sourire, ton rêveur. Quand j'aurai vraiment des thunes, j'irai flamber au Brésil. Là, ce sera grandiose. Mais pas ici, faut pas mélanger boulot et plaisir. Il reprend le fil : bref, les Manouches m'ont fait une vraie proposition. Une intégration dans une équipe qui fait un bon secteur sur Paris, avec restos et boîtes de nuit, et diversification des produits. Ivan, la vraie vie commence pour moi. Ne plus mettre les pieds dans ce parking dégueulasse. Arriver dans des boîtes de nuit de riches où, aujourd'hui, je me ferais vider immédiatement, et être accueilli avec respect, parce que j'aurais de la coke et de l'argent. Beaucoup d'argent. J'aurais un appartement. J'investirais dans une boîte de vêtements de sport, je dessinerais ma collection. Et, un jour, j'aurais une équipe de foot.

Ivan est resté figé et le dévisage.

— Pourquoi tu me parles de tout ça ? Qu'est-ce que tu veux que je te dise ?

— J'y arrive. J'ai rencontré mon futur chef d'équipe. Bien. Il m'a demandé si j'avais des papiers en règle. Parce que, lui, il ne prend pas de risques inutiles avec les flics. J'ai dit oui, évidemment. Tu vois maintenant ?

— Je crois, oui.

— Comme je n'en ai pas, des papiers, il faut que tu m'en trouves.

— Tu rêves, Balou. Je suis gardien de la paix, simple flic. Je fais comment pour t'en trouver, des papiers ?

Le visage de Balou devient dur. Des années de rage contenue remontent à la surface. Lui joue au foot quand je ne peux plus, lui a un boulot quand je traîne dans des trafics minables, lui a un logement quand je pourris dans un squat, lui est blanc et je suis noir.

— Tu te démerdes, Ivan, tu te démerdes. Les Manouches m'ouvrent la porte, c'est pas toi qui vas me la fermer ? Il martèle chaque syllabe : Tout le monde sait qu'il existe des flics qui vendent des papiers. Trouve-les, je paierai. Et fais vite. Les Manouches ne m'attendront pas pendant une éternité.

Il se lève, se penche au-dessus de la table, la voix rauque, pressée :

— Vite, Ivan, vite, avant de te barrer, vite si tu veux pas qu'il y ait des dégâts... Je reviendrai.

Balou part, sans terminer son repas, en claquant la porte. Ivan se prépare un café en s'appliquant, pour avoir les mains occupées. Il entend Balou : « Tu te démerdes... vite... des dégâts... je reviendrai... » Il entend clairement la rage de Balou, et une menace, mais laquelle ? Son désespoir aussi, exactement le même que le sien avant de rencontrer Carole. Balou, son double noir. Mais entre lui qui me menace, et moi qui le plaque, elle est où, notre amitié ? Coup d'œil au réveil. Il est treize heures cinquante-cinq. De quatorze heures trente à seize heures trente, entraînement physique et de dix-sept à vingt heures, entraînement foot au Sporting Club de Sainteny. Entre les deux, repos, dormir si possible. À vingt heures trente, dîner. Un peu avant vingt-deux heures, prise de service au commissariat de Panteuil. Faire le lit, laver et ranger la vaisselle, mettre du linge propre dans son sac, prendre le scooter, foncer. Encore heureux qu'il ne pleuve pas. Pas le temps de gamberger. Tant mieux.

*

Au bureau des pleurs, la litanie des petits et grands malheurs a repris, tandis que le brouhaha dans le hall d'accueil, derrière la porte, monte en intensité, jusqu'à couvrir parfois les voix dans le bureau. Une concierge vient signaler qu'une vieille folle, barricadée dans son appartement au septième étage d'un immeuble moderne de la partie ouest de la ville, lance des bouts de bois enflammés et des bouteilles pleines d'eau sur les gamins qui jouent dans la cour. Robert commente : « Celle-là, à prendre très au sérieux, et à transmettre immédiatement pour une enquête de voisinage. Avec les fous, tu ne sais jamais ce qui peut arriver, le gros pépin est toujours à craindre. » Puis une femme pauvre, mal habillée, usée par la vie, qui raconte dans un français hésitant et approximatif qu'elle habite dans la cité des Musiciens. Son compagnon la bat, régulièrement, et pas seulement quand il a bu. Mais ça, c'est pas grave. Son père aussi battait sa mère. Ce qui est grave, c'est qu'elle a deux enfants en bas âge, six et deux ans, et elle a peur pour eux. Robert la fait asseoir, lui demande son nom : madame Stokovicz. « Un café, madame Stokovicz ? » Il lui sert un café, prend son temps, l'écoute, lui parle prison pour son homme, chômage, misère, vengeance, assure que les choses peuvent s'arranger, avec de la patience, tous les hommes sont violents, vous savez, plus ou moins, et conclut qu'elle ferait mieux de ne pas porter plainte. La femme est perdue, elle repart vers la cité des Musiciens. « Pas deux femmes battues dans la même journée, commente sobrement Robert. Toujours les statistiques. » Doche se sent au bord des larmes. Robert est presque affectueux maintenant, il lui met la main sur l'épaule, comme à un gosse qu'il faut consoler.

— Tu sais, Sébastien, la vraie vie ne ressemble pas à ce qu'une chiée de pousse-mégots t'ont appris à l'école. Les flics travaillent dans les poubelles du matin au soir, et ils font comme ils peuvent. Tu comprendras vite, comme tout le monde.

Le sous-brigadier Émile Robert quitte le commissariat à dix-huit heures quinze et, comme chaque soir, passe boire un verre chez Tof, aux Mariniers. Une institution, ce bar-restaurant. À cent mètres du commissariat, sur le trottoir d'en face, le long du canal, à deux pas de l'écluse, une grande baraque avec jardin et quelques marronniers qui rappelle les guinguettes des bords de Marne. Le patron préside l'Association de soutien à la police de Panteuil, et les policiers lui manifestent d'autant plus volontiers leur reconnaissance que c'est le seul bistro de l'avenue Jean-Jaurès. Quand la commissaire Le Muir a pris en main le commissariat de Panteuil, sa première décision a été d'y interdire la consommation d'alcool. Sa façon à elle de bien marquer qu'elle était un manager moderne. « Si on supprime l'alcoolisme dans les commissariats, on supprimera les bavures dans la police », disait-elle. Il y eut quelques grognements, et puis chacun s'est adapté. La salle de repos est souvent déserte, et chez Tof c'est toujours plein.

Quand Robert entre, avec deux autres policiers du service de jour, quelques employés des bureaux alentour se sont assis en terrasse pour profiter, avant de rentrer chez eux, de la fin de cette très belle journée, de l'ombre dense des marronniers et de la première fraîcheur qui monte du canal. De jolies filles papotent en riant.

Les trois policiers s'accoudent au bar. Deux blancs limés, vite bus, et puis bonsoir, et pour Robert un pastis.

— Un Ricard, Tof, toujours un Ricard, rien que du Ricard. Ma famille était communiste.

— On a les fidélités qu'on peut, lui répond Tof en rigolant.

— Te fous pas de ma gueule, pas ce soir. J'ai passé une sale journée. — Le premier Ricard est vidé, Tof en sert un deuxième. — On a eu un petit nouveau, au bureau des pleurs. Tout naïf, tout propre. Il croit que flic, c'est un beau métier et qu'il va défendre la veuve et l'orphelin. C'est con, les jeunes. En même temps, on peut pas s'empêcher de regretter quand on était jeunes. Maintenant... Allez, remets-m'en un dernier pour la route.

Tof le laisse causer, sans l'écouter. Il se moque des états d'âme des flics et ne leur prête qu'une attention commerciale. Mais comme il a une bonne carrure, un ventre rond, une bouille épanouie et une grosse moustache noire, il joue parfaitement le rôle de confident silencieux, à la satisfaction générale.

En repartant, un peu requinqué, Robert croise Pasquini, les deux hommes se saluent, sans plus. Ils ne s'apprécient guère. Deux traditions différentes. Pasquini ne boit pas de Ricard.

— Tof, j'attends un ami, on peut dîner ici vers huit heures ?
— Bien sûr. Poulet basquaise.
— Parfait. Pour l'instant, sers-moi un demi pression, et tu peux me prêter des boules de pétanque, que je m'entraîne un peu ?

Au-delà de la terrasse, une allée bordée d'arbres conduit jusqu'à une petite porte en fer cachée dans la haie qui donne directement sur le canal. Tof y a aménagé un terrain de pétanque et, tous les ans, il organise, fin septembre, un tournoi entre les différentes équipes du commissariat qu'il dote largement.

La salle de repos est déserte. L'équipe de journée est partie depuis longtemps, et celle de l'après-midi pas encore rentrée. Doche s'est débarrassé de son arme avec un soupir de soulagement, il s'est douché, changé. Fin de sa première journée de flic. Submergé par le désarroi, et désarroi, c'est peu dire. Besoin impérieux de faire le point tout de suite, avant de partir, parce que, s'il rentre tout seul chez lui, dans sa chambre de bonne minable sous les toits, dans les bruits incessants de l'étage surpeuplé et la chaleur de l'été en ville, il ne pourra plus penser. Au mur, devant lui, au milieu des affiches de cinéma, une grande affiche très différente, celle d'un jeune rappeur, bonnet enfoncé sur la tête, gueule de métèque, ce pourrait être n'importe lequel de ses copains d'adolescence dans le Nord. Ses nouveaux collègues s'en sont servis comme d'une cible pour jouer aux fléchettes. Deux paquets de fléchettes bien groupées ont crevé chacun des deux yeux, et une fléchette isolée pend sur la joue comme une grosse larme sanglante. Doche se sent mal, très mal, entre envie de vomir et envie de pleurer. Sensation d'être explosé, en miettes, comme le soir où il s'est agenouillé à côté du cadavre de Schumi. Être flic pour retrouver une place à soi dans un groupe solidaire et dans un monde ordonné. Et, en une seule journée, il se retrouve de nouveau seul, en plein désordre. Plus envie de bouger et, d'ailleurs, pour faire quoi ? Non, tu ne peux pas te laisser aller, pas si vite.

Doche pousse une table contre le mur, sous l'affiche du rappeur aux yeux crevés, essuie les traces de verres fraîches qui la maculent, puis s'assied dessus en position de lotus, dos au mur, seule façon de ne plus voir l'affiche. Avant de commencer à réfléchir, il faut évacuer méthodiquement les crispations douloureuses du visage, des muscles des épaules et du dos, ralentir le cœur, dénouer l'estomac au bord de la nausée, pacifier le ventre. Le calme revient, le corps se lâche, en apesanteur.

Dans le silence du sous-sol, derrière ses paupières closes,

Doche voit Robert, son café, son sourire paternel, sa déglingue profonde. Ce qui est en cause, ce n'est pas la police, mais la façon dont Robert travaille. On peut, tu peux faire autrement. Doche ouvre les yeux, se déplie lentement, se met debout, monte au rez-de-chaussée. De l'agitation au poste de garde, mais personne dans le hall. Il est huit heures du soir, encore près de deux heures avant que la brigade de l'après-midi commence à rentrer. Il s'enferme dans le bureau des plaintes et s'installe derrière l'ordinateur.

Après quelques minutes de travail dans la mémoire de l'ordinateur, Doche a établi que, depuis trois ans, les vols de voitures, de préférence allemandes, sont réguliers, à une cadence d'un vol par mois, environ. Des voitures de moins de six mois, la plupart du temps, donc remboursées intégralement par les assurances, ce qui explique que les propriétaires soient assez peu teigneux. Cibles homogènes, fréquence régulière, Doche se sent encouragé et replonge dans l'ordinateur. Localisation des vols : ils sont équitablement répartis entre le centre-ville, le quartier des professions libérales à l'ouest et la zone neuve des tours-bureaux derrière la gare, dans laquelle chaque parking a été visité à son tour. Dans ce quartier de construction récente, les parkings sont certainement sécurisés. Les voleurs sont donc parfaitement équipés et, probablement, bien renseignés. Tout cela exclut l'hypothèse d'une activité artisanale plus ou moins improvisée. À ce point, il faudrait pouvoir vérifier si Panteuil est un cas isolé ou si la situation est la même dans plusieurs communes du département. Doche se prend à rêver d'une cartographie des vols qui ferait apparaître le centre géographique du réseau, qu'il n'y aurait plus qu'à démanteler. En attendant, réseau de trafiquants de voitures volées veut dire garage dans le coup, pour maquiller et écouler la marchandise. Pas nécessairement à Panteuil, mais pas loin. À tout hasard, il consulte la liste des garages de Panteuil et les localise au fur et à mesure sur la grande carte murale de la commune. Un garage en centre-ville. Peut-être, mais *a priori* pas assez à l'abri de la curiosité des voisins. Un autre, à proximité de la sortie du périphérique parisien, dépendant d'une chaîne d'hypermarchés. Non, pas assez qualifié. Quelques stations-service avec des activités d'entretien et de petites réparations. Pas excitant. Et puis, le garage Vertu. À la limite nord-est de la ville, à l'endroit où celle-ci vient se dissoudre dans un enchevêtrement d'entrepôts abandonnés et de terrains en friche, entre une autoroute et le canal, le garage Vertu occupe une vaste superficie dans une zone qui semble propice à tous les trafics. Presque trop beau pour être vrai. Doche referme l'ordinateur. Il fait nuit. Demain, dès la fin du service, j'irai me promener du côté du garage Vertu. Maintenant, il peut rentrer dans sa chambre de bonne.

\*

Quand Mitri, le copain de Pasquini, arrive, une demi-heure plus tard, belle allure d'adepte des arts martiaux, chaussures de chantier, jeans et bomber, il traverse le bar sans s'arrêter et rejoint directement Pasquini dans l'allée des boules. Les deux hommes se saluent d'un geste discret et fraternel. Entre eux, pas besoin de longues phrases pour se retrouver à l'unisson. Ils se connaissent de longue date et s'apprécient. Ils viennent de la même culture, mais leurs trajectoires ont été différentes. Pasquini est entré très jeune dans la police, sur les traces de son père. Mitri s'est engagé à dix-huit ans dans le 1<sup>er</sup> régiment de chasseurs parachutistes. Il venait juste d'en sortir quand ils se sont rencontrés dans la mouvance des services d'ordre des groupes d'extrême droite. Ils ont mené ensemble quelques coups tordus et opérations louches, ça crée des liens. Puis Mitri a failli sombrer dans le grand banditisme avant que Pasquini ne lui sauve la mise en lui trouvant un travail dans une société de transport de fonds, où il est très apprécié et dirige les opérationnels. Il pense toujours que la sécurité et l'avenir de ce pays ne pourront être assurés que par un gouvernement fort, fondé sur l'ordre et le culte de la nation, qui balaie toutes les théories humanitaristes et décadentes. Opinion que Pasquini partage. Mitri garde toujours des contacts étroits avec les divers groupuscules qui vivotent à la droite du FN. Pasquini le sait, mais a pris désormais ses distances : ces gens sont trop compromettants et pas assez sérieux.

Pasquini lance le cochonnet à l'extrémité de l'allée, pointe, et sa boule vient mourir à toucher le cochonnet. « Très beau coup », commente Mitri. Puis Pasquini tire trois fois pour dégager sa première boule, sans parvenir à la toucher.

— Voilà mon point faible. J'ai intérêt à m'entraîner d'ici septembre. Ou à trouver un bon équipier. Ça vaudrait peut-être mieux.

Les deux hommes marchent vers les boules.

— Comme prévu, de notre côté, personne ne pleurera si les squats de Panteuil flambent. Je parierai pour une enquête rapide, avec toutes les chances de conclure à des causes accidentelles.

— La suite ?

— Toi et moi, nous allons rencontrer les grands frères, et tu négocies avec eux tes conditions financières et le reste.

— Mes garanties ?

— Appelle ça comme ça si tu veux. En riant : Tu t'encroû-tes, pire qu'un fonctionnaire... Il reprend son sérieux. Mais j'ai quelque chose qui peut t'intéresser. On voit ça après dîner ? J'ai faim. Poulet basquaise, ça te va ?

Paturel entre dans le restaurant au moment où les deux amis s'installent à leur table. Pasquini lui fait signe.

— Eh, King, viens dîner avec nous.

Paturel ne se fait pas prier. Il crève de solitude depuis que sa femme l'a plaqué en emmenant les deux gosses, pour mettre tout le monde à l'abri de la violence qu'elle sentait monter dans le couple. Il ne les a pas revus depuis deux ans. « Question d'honneur, dit-il. Si on ne veut pas de moi, on ne veut pas de moi, et puis c'est tout. Je ne vais pas me bat-tre et quémander un droit de visite... Ça veut dire quoi, droit de visite ? Je suis le père, théoriquement, j'ai tous les droits... » Aussi, avant de prendre son poste de nuit, il dîne toujours chez Tof, la cantine de la famille Poulaga, à défaut d'une autre famille. Il y croise très souvent Pasquini qui finit son service quand lui va commencer le sien, et qui l'aime bien : il a reconnu en lui le flic chasseur, l'espèce qu'il préfère.

Pasquini présente à Paturel son ami Mitri, convoyeur de fonds, et les deux hommes sympathisent. Ils se lancent dans des récits de gros bras, d'attaques, de fusillades, de traquenards, de courses-poursuites et de violences diverses. Ils s'amusent comme des gamins. Pasquini écoute d'une oreille distraite.

Au moment du café, le brigadier-major Bosson, le chef de la nuit, entre dans le bar, un paquet sous le bras. Tof l'accueille avec un sourire, un vrai, lui sert un café-cognac, comme d'habitude. Bosson lui tend le paquet.

— Une géline du poulailler de ma femme. Pour toi et ton épouse, pas pour tes gougnafiers de clients, hein !

Tof sourit de nouveau.

— Tu la salueras bien, ta femme.

Bosson se penche par-dessus le bar.

— Rien de nouveau, Tof ?

— Pas que je sache.

Tof est un curieux croisement entre une mère auvergnate et un père manouche. Méfiant, près de ses sous, violent, mais aussi à la croisée de toutes sortes de réseaux, vif d'esprit, très informé, et sûr dans ses engagements. Bosson a su établir avec lui une relation forte basée sur un échange équitable d'informations et de services, et sur l'amour commun du bricolage, de la terre et de la bonne bouffe. Tof a même passé plusieurs fois quelques jours de vacances dans la ferme de Seine-et-Marne qu'habite Bosson, et où sa femme élève volailles et moutons. Il dit — est-ce une plaisanterie ? — qu'un jour il y installera sa caravane au bord de l'étang aux canards.

Quand il voit entrer Bosson, Paturel regarde l'heure à sa montre.

— Voilà le chef, il est temps que j'y aille.

En quelques minutes, le bar-restaurant se vide. Pasquini et Mitri vont s'asseoir sur le bord du canal pour s'en griller une en contemplant les deux silhouettes massives des cités, mal éclairées, sur l'autre rive. Pasquini sort de la poche intérieure de son blouson quelques photocopies, les plans des deux immeubles qui abritent les squats qu'il a trouvés dans la chemise orange de la commissaire Le Muir, rapidement photocopiés et soigneusement mis en pages de façon qu'on ne puisse identifier leur origine. Il les tend à Mitri.

— Je ne sais pas si tu auras besoin de ça, prends-les, ça peut toujours servir.

Les feuilles disparaissent dans la poche de Mitri. Ils continuent à fumer en silence, et tirent, chacun de son côté, des plans sur la comète.

En ce mois d'août, la grande houle des blés sur le plateau picard est calcinée de chaleur. On apprécie d'autant plus les trous de verdure et de fraîcheur, comme l'auberge du Moulin de Sancé, au bord de la rivière bordée de saules pleureurs dont les branches traînent au fil de l'eau. À côté de la grande roue immobile de l'ancien moulin, sur la terrasse en dalles de pierres blanches, à l'ombre de deux marronniers peut-être centenaires, autour de tables basses, des couples de touristes, enfoncés dans des fauteuils d'osier profonds et légers, ont fait halte pour le goûter.

À la table la plus éloignée de l'auberge, juste au-dessus de l'eau qui joue en s'échappant de la retenue, un homme et une femme, silencieux. Lui, Macquart, dans les soixante-dix ans, la silhouette massive dans un pantalon de toile et une chemisette bleu marine, sirote un thé glacé, pas une de ces saloperies sucrées en boîte, non, un vrai thé glacé que la patronne de l'auberge, qui connaît ses goûts, lui prépare, très fort, très âpre, à peine éclairci d'une rondelle de citron. Quarante ans dans la police, dont vingt aux RGPP, aujourd'hui en retraite, dans sa maison familiale du Vexin français, mais toujours actif à Paris, plusieurs jours par semaine, pour diriger des séminaires, faire des conférences, vendre des conseils aux entreprises et entretenir ses réseaux. Il a su rester un homme d'influence. Mais en ce moment, mois d'août oblige, c'est la trêve estivale. Et il s'interroge sur l'urgence qui a bien pu amener Noria Ghozali à lui demander rendez-vous, à sortir de Paris pour venir jusqu'ici, en pleine campagne, elle qui est une pure fleur de banlieue et ne peut supporter l'accumulation de chlorophylle. Pour l'instant, elle déguste une glace au café et aux noix de Grenoble de chez Berthillon. Il adore la regarder faire, avec ce mélange d'application et de raideur qui est son style à elle. Elle a la quarantaine mainte-nant, un visage lisse et soigné, ses cheveux bruns relevés en un chignon savant et seyant. Et elle porte avec une certaine élégance un tailleur-pantalon en lin beige, sur un tee-shirt marron, sandales de cuir aux pieds. Pincement au cœur. Il revoit la petite enquêtrice d'un quelconque commissariat de quartier, sans connaissances, sans expérience, maigre à faire peur, rêche comme une toile de verre, qui débarqua un jour, il y a vingt ans, dans son bureau, à la préfecture de police, à Paris. Mais il avait entendu sa rage de vivre, d'exister, qui hurlait par tout son corps, il avait reniflé la violence qui l'habitait, et compris le parti qu'elle et lui pourraient en tirer. Et il avait su lui donner sa chance. Ils avaient travaillé ensem-ble pendant quinze ans, jusqu'à ce qu'il prenne sa retraite. Elle était aujourd'hui une femme adulte, commandant, tou-jours aux RGPP, et bientôt commissaire, il y veillait. Et il se sentait bien plus proche d'elle que de son fils médecin ou de sa fille mariée à un agriculteur. Sans parler de sa femme, qui s'était toujours employée, avec succès, à ne pas savoir qu'il travaillait dans la police.

Macquart ne pose pas de questions, il n'est pas pressé, en

août le temps ne compte guère. La rivière chante et, depuis qu'il est en retraite, il a fini par aimer ça. Il commande un deuxième thé glacé. Noria a terminé sa glace, ne veut rien, merci, et cherche une entrée en matière, sans la trouver. Attaque donc en direct.

— Une équipe de la BAC de nuit du commissariat de Panteuil a profité des récentes lois antiputes pour chasser les prostituées des boulevards des maréchaux, en a regroupé un petit troupeau dans un parking périphérique où elle les rackette tranquillement. Qu'est-ce que je fais de cette histoire ?

La question fait rire Macquart.

— Rien, *a priori*, ou plutôt un dossier, par précaution. — Il laisse un temps de silence, et se décide à l'aider à sortir toute l'histoire. — Qu'est-ce qui a pu amener un commandant des RGPP à s'intéresser à des flics proxos de banlieue ? Ils ne sont pas les premiers et, selon toute vraisemblance, pas les derniers. Les hommes, ma chère Noria...

Elle lui sourit pour la première fois depuis son arrivée.

— Je peux vous donner la raison officielle, mais ça m'étonnerait qu'elle vous satisfasse.

— Dis toujours.

— Les filles sont des putes sans papiers, Roumaines ou filles de l'Est, suivies par mon service qui, comme vous le savez, a en charge les immigrés clandestins.

— Personne n'y croira, mais c'est imparable. Et maintenant, la vérité ?

— Vous vous souvenez de Bonfils, le jeune inspecteur avec qui je faisais équipe quand vous m'avez convoquée aux RGPP, il y a — un temps d'arrêt — vingt ans de ça ?

— Très vaguement. Je ne l'avais pas trouvé intéressant.

— Forcément, il avait refusé d'être affecté dans votre service. Je l'ai revu, de temps en temps, une relation épisodique et plaisante. Un petit sourire, le regard dans le vague. Je l'ai toujours trouvé bel homme. — Macquart se détourne. Absurde petite souffrance. Comme tous les pères jaloux de leur fille. Noria continue. — Il est commandant au commissariat du dix-huitième arrondissement. Or ses collègues estiment que le parking où opère la BAC de Panteuil est sur leur territoire, ce qui est vrai d'un point de vue strictement administratif, même si le parking est au-delà du périphérique. Plus grave, pour remplir son écurie, la BAC a raflé des filles sur les boulevards des maréchaux, qui, eux, sont incontestablement dans Paris, et elle continue à y patrouiller, de temps à autre, en essayant de ne pas se faire repérer. D'après Bonfils, un incident non contrôlé entre policiers n'est pas totalement à exclure, et il est venu me demander de trouver un moyen de faire fermer le boxon pour éviter d'en arriver à une guerre de territoires entre services de police pour le contrôle d'une poignée de putes.

— Cela me semble très censé. Pourquoi hésites-tu à le faire ?

— Parce que la commissaire de Panteuil est Mme Le Muir.

Macquart se renverse dans son fauteuil. Poussée d'adrénaline, délicieuse sensation. Le Muir, la nouvelle coqueluche du ministère de l'Intérieur, d'après ce que lui en a dit Boissard, son successeur à la tête des RGPP, l'étoile montante du groupe informel de réflexion qui élabore la politique sécuritaire du ministère et, dans la foulée, les thèmes de la future campagne présidentielle du ministre lui-même, dans moins de deux ans. Ordre du jour de la réunion : le maintien de l'ordre dans les quartiers. Si on la fait bien mousser, la BAC de Panteuil devient potentiellement une bombe à retardement, posée au milieu de la table de jeu du pouvoir. À manipuler avec beaucoup de doigté. Enfuis la fraîcheur de la rivière, le marronnier centenaire et le thé glacé. Retour vers la vraie vie. Noria, Noria, comment te remercier ? Macquart, les coudes sur les genoux, se penche vers elle.

— Tu es sûre des faits ?

— Absolument. J'ai planqué moi-même pendant plusieurs nuits dans ce parking et je les ai vus à l'œuvre. J'ai pris des photos qui ne laissent aucune place au doute.

— Pourquoi t'intéresses-tu à Le Muir ?

— Pas pour les mêmes raisons que vous. Je l'ai frôlée sans jamais la rencontrer quand elle était commissaire à Mantes. Je n'aime pas cette femme, elle me rend nerveuse. Je sais, ce n'est pas très professionnel. Il vous faut des détails ?

— Inutile. Tu es seule sur le coup aux RGPP ?

— Oui.

— Reste-le. Tu as des témoins ?

— Pas encore. Mais je peux en avoir. Chez les filles, j'ai des moyens de pression. Et l'un des hommes de la BAC n'a pas l'air enthousiaste.

— Ne l'approche surtout pas pour l'instant. Trouve des témoins hors du milieu policier, bétonne ton dossier. Sourire. Tu sais faire. Et calme les ardeurs de ton beau commandant et de ses troupes. Il faut que nous gardions le contrôle, que nous restions maîtres du temps. Tout est une affaire de rythme. Mais dis-toi qu'une affaire de proxénétisme ne suffira pas à freiner Le Muir. Cherche, et trouve, plus consistant, plus lourd.

*

Isabelle Lefèvre, cheveux coupés très court, hirsute, pantalon d'uniforme, lourdes chaussures réglementaires, fait la pause dans la salle de repos, avec les deux jeunots de son équipe. Ils ont soixante et un ans à eux trois. Pratiquement l'âge de la retraite, a fait remarquer l'un d'eux. Sandwichs et café pour les deux jeunots, tarte aux pommes offerte par la boulangère du coin et café pour Isabelle qui, assise sur une chaise calée contre le mur (prudence, assurer ses arrières), les pieds sur une table, se détend, les yeux fermés. Jusqu'ici, du travail plutôt tranquille. Du porte-à-porte, dans un quartier résidentiel, pour en savoir plus long sur une vieille folle retranchée dans son appartement. Des interlocuteurs prêts à coopérer avec la police. En rentrant, une heure de surveillance à un feu à la sortie de la bretelle de l'autoroute, dix contredanses, un bon rendement. Elle entend les deux collègues qui ricanent et parlent à voix basse. Ils doivent causer filles. Tant qu'ils ne font que causer...

Sauvageot, le chef d'équipage, le plus âgé des quatre, vingt-quatre ans dans quelques jours, un peu rouleur de mécaniques, un peu va-t-en guerre, mais attentionné et protecteur, Isabelle le sent plutôt bien, est allé faire son rapport et prendre les consignes au poste de garde. Il appelle du haut de l'escalier.

— On y va, les gars. Centre de Panteuil, sécurisation de la sortie des magasins, entre dix-huit heures et vingt heures.

Ils grimpent tous en voiture, et c'est parti, l'équipage file vers le centre commercial.

Au bureau des pleurs, Doche, attentif et muet, a secondé Gros Robert pendant toute la journée de façon efficace, sans poser aucune question. Dix-huit heures, fin de son service, enfin libre. Il se change et fonce rôder autour du garage Vertu. À l'adresse indiquée sur le plan, il trouve une allée bétonnée qui descend en pente raide de la rue Vieille vers le vaste terrain vague, fermée par un portail en fer surmonté d'une grande enseigne : « Garage Vertu entretien mécanique carrosserie ». De part et d'autre de cette allée, deux immeubles de brique dominent l'entrée du garage Vertu. Doche entre dans un des deux immeubles, dont la porte n'est pas bouclée, monte jusqu'au dernier étage et, là, trouve un cagibi, d'anciennes toilettes communes désaffectées, dont la lucarne donne directement sur le garage Vertu. Derrière le portail, par la rampe en béton on accède à une très vaste cour, close de hauts murs de brique, prise sur les friches de l'immense terrain vague qui occupe tout l'espace entre la rue Vieille, le canal et l'autoroute. Dans cette cour, une centaine de voitures sont entassées, en plus ou moins bon état, depuis la carcasse désossée jusqu'à la superbe voiture de sport abritée sous une bâche. Directement en contrebas de la rue Vieille, un grand hangar, largement ouvert, doit abriter les divers ateliers. Pour l'instant, deux hommes, un jeunot et un quinquagénaire, petite bedaine et grosse moustache noire, s'affairent autour d'une Mercedes classe C. Le cœur de Doche bat plus vite. Elle est noire. Mais le garage Vertu fait des travaux de carrosserie et dispose donc d'une cabine de peinture. Les deux hommes fixent des plaques minéralogiques. Doche est en sueur et crève de soif, il fait chaud sous le toit. Puis les deux hommes grillent une cigarette en discutant. Ils attendent. Doche aussi. Pas longtemps. Le jeune monte dans la Mercedes, la met en route, grimpe la rampe, le portail s'ouvre. Doche se penche à la lucarne, autant qu'il le peut, aperçoit dans la rue un camion de transport de voitures, le jeune charge la Mercedes et s'en va, à pied, vers le terrain vague. Le portail s'est refermé. Le vieux éteint les lumières dans l'atelier et disparaît. Il doit loger dans un coin du hangar. Deux minutes plus tard, deux solides rottweilers déboulent en grondant entre les voitures, cavalent le long du mur de clôture, entreprennent une inspection minutieuse des lieux. Tremblant d'excitation, Doche décide de rentrer chez lui.

Pasquini conduit prudemment, dans les embouteillages parisiens, destination la rue du Faubourg Saint-Honoré, l'un de ces immeubles anonymes qui logent divers services du ministère de l'Intérieur. À ses côtés, la commissaire Le Muir est tendue, pas causante. Elle a soigné sa tenue : robe de toile grise près du corps, veste noire cintrée, savant chignon parfaitement ajusté. Et elle est tout entière absorbée dans ses pensées. Elle prépare la réunion qui l'attend, elle doit jouer gros, La Muraille, pense Pasquini, et il se garde bien de la déranger. Il arrête la voiture devant l'adresse indiquée, elle vérifie l'heure à son poignet, elle est à l'heure, à la minute près, c'est bien, elle se tourne vers Pasquini : « Laissez la voiture au parking du ministère. » Pasquini acquiesce et, à mi-voix : « Vous n'allez en faire qu'une bouchée de tous ces bureaucrates. » La commissaire sourit, lui touche la main : « Merci », puis s'engouffre dans l'immeuble.

*

Panteuil centre. Mission : sécuriser la zone de la place de la Résistance, à l'heure de la fermeture des magasins. Les quatre uniformes de l'équipe Sauvageot déambulent au milieu d'une foule de plus en plus dense, entre le supermarché et les galeries marchandes qui déversent leurs clients sur la place, et les trois bouches de métro qui pulsent des flots continus de piétons qui sortent de terre ou qui y entrent. Les jeunes flics se donnent l'air sérieux et le regard panoramique. Isabelle sent sa chemise trempée coller à sa peau. La chaleur monte des couloirs souterrains du métro, de l'asphalte des rues, de la foule elle-même et stagne entre les barres de HLM qui entourent la place, sans un souffle d'air. Elle garde la main sur la radio qui relie son équipage au poste du commissariat et dont elle a la responsabilité, contemple, un peu étourdie, la foule qui va et vient très vite, les flots qui se croisent sans se mélanger, et pense : sécuriser. En quoi cela consiste-t-il exactement ? Les regards qu'elle croise et parvient à saisir parfois sont indifférents, fuyants ou hostiles. Au fil des minutes qui passent, elle se sent de plus en plus mal à l'aise.

Une grande femme rousse, en robe blanche légère, la quarantaine séduisante, se dégage de la foule, court vers eux en bousculant les gens sur son passage.

— Monsieur l'agent, monsieur l'agent…

Sauvageot, immédiatement sur le coup, la salue, la main à la casquette.

— Madame…

— On vient de me voler mon portable, à l'instant, là, à la sortie du magasin de photo — elle fait un geste de la main —, un jeune, de type maghrébin, en survêtement, il a traversé la place en courant, vous avez bien dû le voir, et il s'est enfui par là.

Et elle désigne le large escalier, à une cinquantaine de

mètres, qui clôt l'une des extrémités de la place et monte vers la dalle d'accès à la cité HLM construite au-dessus du supermarché.

— L'escalier sud, je vois. Ne bougez pas, madame. Restez ici, on va vous le retrouver tout de suite, votre portable.

Sauvageot se tourne vers ses collègues.

— On y va, suivez-moi.

La petite équipe grimpe l'escalier au pas de charge et déboule, en haut des marches, sur une dalle de dimension moyenne, entourée d'immeubles de cinq niveaux étagés en terrasses débordantes de verdure. Isabelle ressent immédiatement le changement d'atmosphère. Ici, on est dans l'intimité de la cour collective d'un quartier soudé, à mille lieues de la foule anonyme et pressée de la place de la Résistance, tout le monde se connaît, les flics sont des intrus et les étrangers des ennemis. Sauvageot, lui, inconscient, poursuit sur sa lancée. Il repère un groupe de quatre petits jeunes qui discutent en frimant. Regard circulaire de Sauvageot. Tous de type maghrébin, plus ou moins, va savoir, tous en survêtement, plus ou moins, mais l'un d'eux a un portable à l'oreille et parle avec de grands gestes et des éclats de rire. Il se vante de son exploit, pense Sauvageot, c'est mon homme. Il le fixe du regard, comme pour l'hypnotiser, court vers lui, l'attrape par le bras, pour attirer son attention.

— Tes papiers.

L'autre, surpris, se dégage d'un geste brusque.

— Qu'est-ce que vous voulez, vous ?

Sauvageot, hors de lui, l'agrippe, le secoue.

— Tes papiers. Et moi, je te le demande poliment.

Les copains du jeune font cercle autour des quatre policiers, protestent, ameutent le voisinage. Des femmes en robes d'intérieur apparaissent sur les balcons les plus proches.

Sauvageot ne peut plus reculer, même s'il a déjà la certitude d'avoir fait une connerie quelque part, il ne sait pas bien où. Il serre le bras du jeune homme à le faire crier.

— Tes papiers, je t'ai dit. Tu es sourd ?

— Mes papiers, je les ai pas, je prends pas mes papiers pour venir fumer une clope avec mes potes, en bas de chez eux. Il se tourne vers ses copains : il est ouf, lui.

Pas le temps de finir sa phrase, Sauvageot (pas de papiers, je le tiens, mon voleur, faire vite, ne pas laisser le temps à ces femmes en furie de nous dévorer) l'a jeté au sol d'un balayage de jambes, lui a enfoncé un genou entre les omoplates, et il lui passe les menottes. Le gars hurle, appelle au secours, ses copains se mettent prudemment hors de portée et invectivent les flics. Isabelle, certaine que Sauvageot dérape, sent au creux du ventre un tiraillement inconnu. Avec un autre membre de l'équipage, elle s'adresse à trois jeunes filles, toutes proches, pour tenter de faire baisser la pression : « Une simple vérification d'identité, on contrôle votre copain et son portable, en douceur, et puis c'est fini... » Trop tard. Les filles la prennent à partie.

— Qu'est-ce t'as à nous parler ? Nous on te parle pas, alors, nous parle pas.

Les enfants qui traînent sur la dalle convergent, en sautant de joie, vers le groupe qui s'agglutine autour de Sauvageot et du jeune homme à terre qui rue et se débat pendant que Sauvageot cherche à le fouiller. Le grand jeu commence. Quelques gosses s'enhardissent à toucher les uniformes, à les tirer par les manches, pour leur faire lâcher prise. Les injures fusent de partout. Isabelle s'entend traitée de petite pute blondasse. Un gamin de dix ans hurle : « Au bled, on vous a niqués, on va vous niquer dans votre ville pourrie. » D'autres dansent autour de Sauvageot en hurlant : « Arrache ta race, bâtard. » Des femmes descendent des étages en babouches, s'interpellent en arabe. Certaines cherchent à rattraper leurs gosses pour les mettre à l'abri. Partout où il y a des uniformes, il y a du danger. D'autres mères engagent un dialogue virulent avec Isabelle et son collègue qui entreprennent alors de défendre les fondements mêmes de l'intervention policière, tiennent à expliquer ce qu'est la présomption de légitimité, et en oublient de prêter main-forte à Sauvageot et au quatrième membre de l'équipage, toujours agenouillés sur le gamin à terre. Congestionné, Sauvageot crie à Isabelle :

— Appelle des renforts, on va se faire lyncher.

Elle sort la radio dont elle ne s'est jamais servie, obtient le poste au commissariat.

— Équipage 3, nous sommes sur la dalle, à Panteuil centre, en haut de l'escalier sud, nous procédons à une interpellation, nous sommes en difficulté.

Fond sonore assourdissant.

À ce moment précis, le jeune menotté, qui gît toujours à terre, prend un coup de pied dans le visage, peut-être pour le faire taire, et pousse un hurlement de bête blessée. L'auteur du coup de pied ne sera jamais formellement identifié, mais Isabelle, qui surveille du coin de l'œil, jurerait avoir vu partir le pied de Sauvageot. Elle se déplace de quelques pas, pour pouvoir se faire entendre du poste, et elle perd le contact. Vide. Noir. Elle a beau actionner plusieurs fois tous les boutons, rien ne passe. Nous nous retrouvons tout seuls. Le tiraillement au creux du ventre se fait douleur lancinante.

Puis elle se répète à voix basse deux ou trois fois : « Pas d'affolement. Regarde autour de toi. Beaucoup de femmes, d'enfants. Beaucoup de cris, pas de coups. Calmons le jeu. Il ne s'agit que d'un portable, après tout. » Elle revient vers le groupe massé autour du jeune homme à terre.

Le brigadier-chef Genêt jure à voix basse, s'acharne sur la radio. Rien n'y fait, le contact est perdu. Un point aveugle dans les transmissions radio comme il y en a des dizaines dans le 93 ? Ou plus grave ? Le hurlement résonne dans ses oreilles. Qui ? Sauvageot ? Les autres jeunes flics ? Ça défile à toute allure dans sa tête. Ils sont quatre flics sans aucune expérience, le plus âgé a vingt-quatre ans, un an d'ancienneté dans la police, les autres ne sont même pas titulaires, et la blondinette est là depuis vingt-quatre heures. Avec un gros sentiment de culpabilité quand il repense à la façon dont elle a été accueillie la veille. Ces quatre minots, lâchés au milieu des fellaghas. Parce que les HLM du centre-ville, c'est rien que des fellaghas. Il les a reconnus dans le bruit de fond derrière la voix d'Isabelle. Des sauvages, surtout les femmes, et leurs gamins, tous des délinquants. Coup de poing au poste de radio. Il y a le feu.

— Marmont, mobilise tous les effectifs que tu as sous la main dans le commissariat. Appelle chez Tof, qu'il nous envoie tous les collègues qui traînent chez lui. Tout le monde ici, dans le poste. Mobilisation générale.

Puis il se branche sur le régulateur du deuxième réseau, le réseau départemental.

— Appel à tous les équipages. Demande d'assistance. Un équipage du commissariat de Panteuil bloqué par une foule hostile, au cours d'une interpellation sur la dalle des Trois-

Fontaines, Panteuil centre. Nos collègues sont en danger, je répète, nos collègues sont en danger. Le contact radio est perdu. Appel prioritaire. Appel prioritaire.

Les réponses tombent, les unes après les autres, sans délai. Un car de PS de Panteuil, un car de PS d'Aubervilliers, une, deux, trois, quatre voitures de la BAC départementale convergent vers la dalle.

Dans le poste du commissariat, c'est la bousculade. Collègues en danger. Paturel, qui faisait une partie de pétanque chez Tof, est arrivé avec Marty. Il ramasse deux jeunes flics, grimpe dans une voiture et fonce vers la dalle. D'autres attrapent deux fusils à lacrymogènes et un flashball avant de s'entasser dans la dernière voiture disponible, direction la dalle, sirènes hurlantes.

— Maintenez le contact radio, recommande Genêt, soudain désemparé.

Les renforts de la BAC départementale débarquent les premiers sur la dalle par l'escalier nord. Au pas de charge, et bien armés. Ils sont accueillis par des sifflets, des hurlements, des injures, quelques œufs et un pot de fleurs qui tombent des balcons. Vous ne perdez rien pour attendre, on règle la situation sur la dalle, et puis on monte dans les étages, vous n'allez pas être déçus, aujourd'hui, on commence le grand nettoyage. Les commandos repèrent la petite foule massée près de l'escalier sud autour de leurs quatre collègues en uniforme et commencent à courir, bien groupés. Arrivés à une trentaine de mètres de l'objectif, ils distinguent deux individus menaçants qui jaillissent de l'escalier sud et se portent à leur rencontre. Pas d'hésitation, sans ralentir sa course, la première ligne de feu tire deux grenades lacrymogènes, à tir tendu, pour arrêter les agresseurs. L'une manque Marty de peu, mais l'autre touche Paturel en pleine poitrine, et il s'effondre, la respiration bloquée.

Les policiers de Panteuil qui montent l'escalier sud derrière Paturel et Marty entendent les tirs, voient le King à terre et, avant même d'avoir une vue d'ensemble de la situation, ripostent à leur tour, à grands coups de lacrymogènes. La fusillade dure une grande minute, plusieurs policiers en civil ou en uniforme sont touchés avant de s'apercevoir qu'ils se canardent entre collègues. La dalle est noyée sous les gaz. Les femmes, les enfants, terrorisés, se sont couchés et cherchent à se protéger la tête, les yeux, le nez, la bouche avec leurs vêtements. Les fenêtres des HLM se ferment, à tous les étages, le silence revient sur la dalle. Sauvageot et son équipage restent debout, serrés les uns contre les autres, à demi suffoqués. Les renforts, murmure l'un d'eux, complètement désorienté. Isabelle s'agenouille près de Paturel à demi inconscient, le tourne sur le côté, pour qu'il puisse vomir sans s'étouffer, et appelle le Samu.

Les Bacmen du département, rejoints par Marty et quelques flics de Panteuil, ont conquis la maîtrise du terrain. Tous ensemble, ils poussent leur avantage. Ils attrapent quelques femmes couchées au sol, les menottent, les relèvent à coups de pied et les alignent contre un mur. Au passage, le suspect, puisqu'il a déjà des menottes et le visage en sang, prend une raclée avant d'être à moitié porté, à moitié traîné jusqu'à un car de PS dans lequel il est jeté. Puis les Bacmen embarquent une douzaine de femmes, sous une pluie de claques. Et le car de PS repart à vive allure, chargé jusqu'à la gueule, vers le commissariat de Panteuil.

Les Bacmen reviennent serrer la main de l'équipage à qui

ils ont sauvé la vie. Et, comme ils ont entendu dire par Marty que l'homme menaçant dont ils ont stoppé net la progression était un collègue, ils se justifient : impossible de savoir. Dans l'ensemble, ils estiment que la mission a été accomplie et s'en retournent vers leur base rédiger un rapport en ce sens. Une fois Paturel évacué vers l'hôpital de Panteuil, Sauvageot et son équipage se dirigent vers le commissariat dans un silence accablé.

*

Le Muir s'engouffre, derrière un planton, dans un dédale de couloirs, cinquième étage, un ascenseur qui râle et cogne. Reste concentrée, tu as une chance, ne la laisse pas passer. Un arrière-goût de revanche qu'elle dédie à son père.

Elle entre dans une petite salle de réunion, les mains moites. Regard circulaire, une dizaine d'hommes entre la quarantaine et la cinquantaine, tous en costume sombre et cravate, une seule femme, blonde, en tailleurs gris, au moins vingt ans de plus qu'elle, dont Le Muir sent l'hostilité immédiate à son égard. Elle détourne le regard. Ces hommes et cette femme forment le groupe de réflexion informel mis en place par le ministre de l'Intérieur pour élaborer le programme sécurité dont il entend faire un des leviers de sa candidature à l'élection présidentielle. Tous des « grands flics », et ils sont là pour l'écouter, elle, la commissaire de banlieue. Le directeur de cabinet du ministre vient à sa rencontre, lui serre la main, la présente :

— La commissaire Le Muir, sortie dans les premières de la promo 1996, et déjà une longue expérience des quartiers dits difficiles, trois ans à Mantes, à la tête du commissariat de Panteuil depuis deux ans et c'est ce dont elle vient nous parler, aujourd'hui.

Le Muir, efficace, attaque très vite :

— Je pars de la réalité que je connais depuis cinq ans : les ghettos existent, et vont exister pendant longtemps. C'est un constat. Nous, les policiers, nous ne les avons pas voulus, nous ne les avons pas construits, mais nous avons à les gérer et à y faire régner l'ordre public. Comment faire ? D'abord, connaître les spécificités, et s'y adapter. Première règle : dans les ghettos, le pouvoir ne repose pas sur le droit, mais sur la force. Notre police doit être perçue, avant tout, comme la détentrice légale de la force. Cette force, nous l'affichons systématiquement pour l'utiliser le moins possible. C'est notre version de la prévention, la seule efficace dans les ghettos. Nos moyens : des contrôles d'identité de masse, à répétition, pour affirmer notre présence, des procédures d'outrages à la moindre incartade, les BAC en patrouilles très visibles, et la mise en place de procédures d'alertes automatiques qui, au moindre incident, concentrent cinq, six équipages sur les lieux. Deuxième règle : quadriller le territoire. Empêcher les contacts entre les différents ghettos, autant pour éviter d'éventuelles batailles rangées que des coalitions qui pourraient se révéler difficiles à contrôler. Pour cela, nous avons mis en place un vaste maillage dont les Compagnies républicaines de sécurité surveillent les grands axes, et tout déplacement, individuel ou en groupe, d'une maille à une autre est considéré comme suspect.

Voilà l'essentiel. Nous ne nous faisons aucune illusion. D'abord, les bavures sont inévitables. J'en ai déjà géré, j'en gérerai encore. Je n'ai alors que deux soucis : amortir le choc vis-à-vis de la population du ghetto, ce n'est pas toujours fait de façon satisfaisante, il faut bien l'admettre. Et assurer la cohésion sans faille de la machine policière, quel qu'en soit le prix. Cela, nous savons mieux faire. Ensuite, il serait très exagéré de dire que l'ordre républicain règne dans les ghettos. Pour qu'un certain ordre y règne, il faudra que se développent des réseaux d'autorité ethniques et religieux propres aux gens qui les peuplent. Ce sera long, mais nous y travaillons. En attendant, nous tentons d'assurer, à un coût socialement acceptable, le confinement des problèmes et la stabilité de l'ensemble de la société française. Car, ne nous y trompons pas, aujourd'hui, c'est la peur de l'insécurité, fortement corrélée à la peur de l'étranger, la hantise du ghetto, à la fois hyper réel et fantasmé, qui sont les ferments de la cohésion sociale.

Le Muir parcourt du regard son auditoire en évitant soigneusement la femme. Les hommes, tête levée, suivent chacun de ses gestes, chacune de ses intonations. Elle les tient, ils sont conquis. Elle se détend, s'accorde le luxe de jouer le charme en laissant flotter une ombre de sourire.

— Pour conclure, je rappellerai la phrase que le commissaire Lebon, un de mes professeurs à Saint-Cyr-au-Mont-d'Or, nous répétait : « Quand vous serez sur le terrain, souvenez-vous qu'on ne fait pas et qu'on n'a jamais fait de la police avec les droits de l'homme. » Quand j'ai des doutes, cette phrase me réconforte. Je me sens moins seule, plus proche de tous mes collègues policiers, partout en France.

C'est fini. Une pause, autour d'un verre, avant d'attaquer la discussion. Trois ou quatre hommes bruissent autour de Le Muir. Le directeur de cabinet du ministre s'approche d'elle : « Ça vous dirait de participer régulièrement à nos petites réunions informelles ? »

Le Muir, rayonnante.

À l'autre bout de la pièce, face à la fenêtre, le commissaire Amédée Boissard, le patron des RGPP, contemple les toits de Paris, ce gris si particulier aux infinies nuances, la couleur de la nostalgie, à bien y regarder. Qu'est-ce que je fais ici ? Encore pire que ce que je pensais. Le Muir nous installe des forces d'occupation sur notre propre territoire. Nous sommes partis en plein délire, et je n'y peux pas grand-chose. Trop vieux, une autre génération, une autre culture.

*

Au commissariat, c'est d'abord une joyeuse bousculade. Ambiance de cour d'école après l'examen de fin d'année. Les flics décompressent, s'interpellent, racontent la prise de la dalle par la face nord. L'un rigole de l'effondrement de Paturel. Un peu toc, le Bacman, non ? Marty, tout fier d'être resté debout quand son chef s'écroulait, défend mollement son honneur. D'autres poussent les femmes et les enfants menottés pour les faire descendre du car de PS et les entasser dans deux cages vidées de leurs fumeurs de joints pour les accueillir. La fin d'après-midi a été excitante et, en plus, là, on fait du chiffre pour la semaine. Du chiffre de quoi, au fait ? Eh bien, des IDAP (infractions à personnes dépositaires de l'autorité publique) en pagaille. Outrages, rébellions, violences en réunion, toute la gamme y est. Il y a bien des blessés chez les forces de l'ordre, non ?

Assez vite, l'ambiance retombe. L'air chargé de vapeurs de lacrymos provoque des crises de toux et de larmes. Le suspect, allongé sur un brancard, respire mal, râle, le brigadier-chef le fait porter au sous-sol, appelle lui-même le médecin.

Les femmes, dans les cages, tapent sur les grillages, exigent d'être libérées, demandant qui va s'occuper des mômes, tout seuls à la maison ? Finie la rigolade, il est temps de se mettre à la procédure. Deux gardiens de la paix OPJ s'installent devant les ordinateurs et s'attellent à la tâche.

Première douche froide : la grande femme rousse en robe blanche a disparu sans laisser de traces. On n'a pas son nom, elle n'a pas porté plainte. Comment justifier l'intervention policière ? Seconde douche, glacée celle-là : après vérifications, le suspect ne détient qu'un seul téléphone portable qui lui appartient, sans aucun doute possible. Il perd son statut de suspect pour devenir un individu contrôlé.

L'espoir renaît un court instant. L'individu contrôlé n'avait pas ses papiers sur lui. Il a décliné son identité, il est mineur et habite Lisle-sur-Seine, une commune assez éloignée du département.

— Tu peux me dire ce qu'un mineur faisait à huit heures du soir en dehors de son lieu de résidence ? Tu ne trouves pas ça suspect, toi ?

— Tu vas mettre ça dans ton procès-verbal ? Tu ferais mieux de prévenir rapido la famille.

— Attends, j'ai mieux. Il est dans le STIC.

— S'il est dans ce fichier des services de police, là, on est sur la bonne voie. Qu'est-ce qu'on dit sur lui ?

— Il est impliqué dans l'affaire de notre collègue Ivan Djindjic. Marrant comme coïncidence.

— Il est impliqué dans la bagarre ?

— Pas vraiment. Il était chez lui au moment des faits, le juge ne l'a pas mis en cause. Mais enfin, le petit salaud qui a tabassé Djindjic et sa collègue est venu se réfugier chez lui, ça veut bien dire quelque chose...

— Laisse tomber...

L'ambiance n'y est vraiment plus. Quand le médecin ordonne l'évacuation en urgence de l'individu contrôlé vers l'hôpital de Panteuil, chacun pense que la bavure n'est peut-être pas loin.

Dans les cages, les femmes se sont organisées et hurlent youyous et slogans sans répit. La hiérarchie descend des étages pour s'informer. Pour remettre de l'ordre, il est décidé de confier la rédaction des procès-verbaux de gardes à vue à un lieutenant dont ses collègues disent qu'il a de l'expérience. Il s'installe derrière l'ordinateur, pendant que la hiérarchie remonte dans ses étages.

— Si l'on reprend tout depuis le début, combien y a-t-il eu d'agents de la force publique engagés ?

C'est Genêt qui répond, il a déjà refait le calcul plusieurs fois. Il y avait trente-deux agents sur la dalle. Beaucoup pour un portable, dont, de surcroît, rien n'établit qu'il ait été volé.

— Y a-t-il eu des voies de fait contre ces agents ?

Silence gêné. Des injures, oui, beaucoup. Mais des voies de fait, pas à proprement parler. Les seuls blessés parmi les policiers l'ont été par les tirs de grenades de collègues. Paturel sérieusement, sept autres plus légèrement.

Le lieutenant réfléchit quelques instants.

— Et on peut savoir pourquoi vous avez arrêté toutes ces femmes ?

Marty, le rescapé, tente une explication.

— Parce qu'elles étaient menottées.

— Et pourquoi avaient-elles été menottées ?

— Pour fixer la situation. Silence. Vous comprenez, il y avait du monde partout, dans tous les sens, beaucoup de tirs de lacrymos, très peu d'uniformes, on ne savait pas qui étaient les agresseurs, qui étaient les collègues. En menottant ceux qui n'étaient pas policiers, on y voyait plus clair.

À cet instant, tout le commissariat a compris : on a merdé, grave.

Les femmes dans les cages commencent à chanter en chœur. Une voiture de patrouille annonce sur la radio qu'une manifestation vient de quitter la place de la Résistance en direction du commissariat, élus en tête. La hiérarchie, dûment informée, estime nécessaire d'appeler la commissaire Le Muir sur son portable.

\*

La séance va reprendre et Le Muir, tout sourires, s'apprête à répondre aux questions quand son portable se met à vibrer. Elle s'isole, écoute le commandant qui lui fait un tableau succinct et réaliste de la situation. Elle n'est pas longue à prendre sa décision : on relâche tout le monde avant l'arrivée de la manifestation. Avant la fin des quatre heures de contrôle d'identité approfondi. Et surtout, pas de PV de garde à vue. Pas de PV non plus de contrôles d'identité approfondis, sauf pour le blessé. Le moins de traces écrites possible. Et prions Dieu que le jeune mineur s'en sorte rapidement. J'arrive.

\*

Sur le seuil du commissariat, Ivan, qui monte prendre son poste, croise le jeune blessé que l'on évacue sur un brancard.

Celui-ci se soulève sur un coude et lui crie une injure indistincte, avant de retomber, sonné.

— C'est qui, le gars qu'on évacue sur une civière ? demande Ivan au brigadier-chef.

— Un dénommé Rifat Mamoudi. Il est vaguement mêlé à ton histoire de Lisle-sur-Seine, si j'ai bien compris.

Ivan blêmit, se sent comme une bête débusquée hors de son abri. Bouffée d'angoisse. Ça n'a servi à rien de le muter de Lisle-sur-Seine à Panteuil. Ils ont su le retrouver. Ne rien laisser paraître. Il rejoint la petite pièce réservée à la BAC, s'isole, s'habille très lentement. Gilet pare-balles sous le blouson. Démonte et remonte son arme. Vérifie le fonctionnement d'un flashball, d'un lance-grenades. Une sorte de rituel qui aide à se mettre au travail sans trop y penser. Ce soir, on l'a prévenu, il patrouillera seul avec Marty. Un soulagement : on ne passera pas par le parking. Ce sera une occasion de moins de voir Balou. Mais, derrière le soulagement, une sorte de peur : quoi qu'on en pense, c'est sécurisant de marcher derrière Paturel, toujours devant pour prendre les coups ou les donner. Sans lui, on se sent à poil.

Travail de routine. Tant que le King n'est pas de retour, Ivan et Marty font équipe et se contentent de rouler au ralenti dans les grandes avenues de Panteuil, le regard flottant et la radio en sourdine. De temps à autre, de longues pauses de « surveillance statique » sur des parkings en plein air. Pas fatigant, Ivan parvient même à somnoler, ce qui lui permet de consacrer toutes ses forces et son attention au football. Ça tombe bien. Ce soir, Sainteny, premier du championnat de CFA 2, rencontrera Bagnolet, le deuxième. Et le club compte sur lui pour être le meneur de l'attaque. Toute erreur est interdite si Sainteny veut assurer sa place de premier et son passage dans la division supérieure. Ivan est déjà dans le match, dans le combat.

Doche arrive au commissariat un peu en avance et rédige rapidement un court rapport. Rédaction difficile. Faire profil bas. La veille au soir, il s'est promené dans le quartier du terrain vague, dans le but de mieux faire connaissance avec le territoire de Panteuil. Au cours de sa promenade, fortuitement, il a observé, vers dix-neuf heures, autour du garage Vertu, le chargement sur un camion de transport de voitures d'une Mercedes classe C, de même modèle que celle dont le vol a été signalé au bureau des plaintes quarante-huit heures auparavant. Il relit sa prose, satisfait, signe et dépose le tout sur le bureau du brigadier-chef Genêt, le cœur battant. Ça va bouger, c'est sûr. En attendant, devant lui, toute une longue journée au bureau des pleurs, aux côtés de Gros Robert, de plus en plus pontifiant, entre cynisme, sentiments dégoulinants et inefficacité.

Travail de routine. La petite équipe de Sauvageot fonctionne plus ou moins bien, l'autorité de son chef a été largement fissurée par le fiasco du téléphone portable. Elle arpente les rues du centre-ville, jusqu'aux frontières de la commune, en évitant les deux cités. Contrôles d'identité systématiques des Beurs et des Blacks, les infractions à la législation sur les étrangers atteignent, pour cette équipe, un niveau que la commissaire juge satisfaisant. Quelques courses pour attraper un fumeur de shit ou des marchands à la sauvette empêtrés dans leurs ballots de marchandises, un petit boulot tranquille.

En fin de matinée, l'équipage s'engage sur la large avenue qui contourne Panteuil par l'ouest. Tout au bout de l'avenue, à un croisement très fréquenté, une dizaine de femmes, des Roms en jupe longue et fichu sur la tête, bloquent les automobilistes arrêtés au feu rouge et nettoient les pare-brise contre des pièces de monnaie, entre mendicité et racket. Sauvageot gare la voiture de patrouille derrière un camion et s'affaire sur la radio. Trois autres voitures de police convergent vers le carrefour. Sauvageot se tourne vers ses équipiers.

— La consigne est d'attraper le plus de femmes possible et de les ramener à notre voiture. Chaque équipe travaille pour son compte. Vous allez voir, ce n'est pas si facile. Elles choisissent toujours très bien les carrefours qu'elles rackettent, des feux rouges très longs pour coincer les automobilistes, et des dégagements partout pour nous échapper.

Il donne le signal par radio, les différents groupes de policiers se ruent vers le carrefour, les femmes s'éparpillent en abandonnant leurs seaux et leurs lavettes, mais les policiers sont partout et les femmes, entravées par leurs longues jupes, ne courent pas vite. Certaines portent des enfants. Isabelle attrape une femme au teint sombre, enveloppée dans des étoffes délavées qui sentent la fatigue et la misère. Son visage est marqué de rides très profondes, elle n'est sûrement pas jeune, elle se débat à coups de pied et de poing, cherche à mordre et hurle des invectives incompréhensibles. Isabelle ne parvient pas à la maîtriser, finit par la jeter à terre et décide de la menotter. Première fois, émotion. Puis elle la relève et la traîne jusqu'à la voiture de patrouille. La femme a des yeux noirs, très enfoncés, chargés de haine. Isabelle s'efforce de ne pas la regarder.

Trois femmes serrées les unes contre les autres sur la banquette arrière. Sauvageot dresse des contraventions.

— Ça ne sert à rien, explique-t-il en riant à Isabelle. Les papiers sont faux, les noms sont faux, les adresses sont fausses, elles ne paient jamais une amende, et on ne les retrouve jamais. Les riverains en ont marre de se faire rançonner, et le maire ne veut pas perdre les élections. Alors nous, il faut bien qu'on se débrouille.

Il fait sortir les femmes une par une, les fouille soigneusement, vide leurs poches pleines de pièces de monnaie dans un sac en plastique qu'il jette dans le coffre de la voiture de patrouille, puis les chasse, avec de grands gestes de bras, comme un troupeau de moutons.

— Et ne revenez pas nous emmerder chez nous, à Panteuil.

La vieille femme traîne autour de la voiture en brandissant le poing et en les maudissant à très haute voix. Sauvageot fait mine de la charger deux ou trois fois, matraque levée, elle finit par partir.

— Qu'est-ce que tu fais de cet argent ? demande Isabelle en remontant dans la voiture.

— Pour la cagnotte du commissariat. Ça ne va pas chercher bien loin.

— Et personne n'a jamais porté plainte ?

— Tu rigoles ?

La voiture démarre, la tournée continue.

*

Dès la fin de son service, Doche court reprendre son poste d'observation, cinq étages au-dessus du garage Vertu, mais ce soir il s'est muni d'un carnet, d'un stylo, d'une paire de jumelles et d'une grande bouteille d'eau. Il se sent professionnel. Quand il s'installe à sa lucarne, les ouvriers du garage sont déjà partis, le jeunot et le patron, comme le premier soir, sont seuls et palabrent devant l'entrée de l'atelier. Ils attendent, Doche aussi. Arrivent, l'une derrière l'autre, à toute petite allure, une Ferrari jaune et une BMW noire, le portail s'ouvre, les deux voitures s'engagent sur la rampe, Doche note les numéros des plaques minéralogiques, puis pénètrent dans l'atelier. Quelques instants plus tard, une grosse berline Peugeot se présente devant le portail. Jumelles. Malaise. Doche croit bien reconnaître au volant le chauffeur de la commissaire qu'il voit traîner toute la journée sur le parking, devant les fenêtres du bureau des pleurs. À côté de lui, une silhouette massive, un inconnu aux cheveux très courts, nuque épaisse, un air de baroudeur. Le portail s'ouvre, la berline descend la rampe, Doche note le numéro. Sans s'arrêter, la voiture rentre à son tour dans l'atelier. Une demi-heure plus tard, elle en ressort. Puis les chauffeurs et passagers de la BM et de la Ferrari remontent à pied, vers la rue où une voiture les attend. Le patron (ou supposé tel, peut-être simplement un gardien de nuit) et le jeunot demeurent invisibles, peut-être au travail dans l'atelier. Ce soir, les rottweilers ne sont pas lâchés. Doche, partagé entre excitation et angoisse, décroche.

*

Après le match, longtemps après la douche, dans les vestiaires désertés, Ivan, une serviette autour des reins, est allongé sur un banc, paupières closes, et prolonge autant qu'il le peut le plaisir de revivre les deux heures qui viennent de s'écouler. Surtout les deux buts qu'il a marqués, deux boulets de canon, de vingt-cinq et trente mètres, la jouissance intense de pouvoir libérer, purger, d'un coup, toute la violence accumulée pendant des jours dans les épaules, le thorax, les reins, le ventre, la certitude, avant même que le pied ne touche le cuir, que, cette fois, le ballon va finir dans les filets, comme aimanté par le but, une sensation rare pour lui. Si ses coups de pied sont toujours puissants, ils sont rarement bien ajustés. Mais aujourd'hui... un bonheur planant.

Balou vient s'asseoir à côté de lui et lui glisse une bouteille de jus de mangue entre les mains. Ivan se redresse, rouvre

75

les yeux. Brutal retour sur terre. Balou dans les vestiaires. Qui l'a laissé entrer ? Puis il réalise : il est très tard, tout le monde est parti. Tu t'es laissé coincer. Balou embraye immédiatement.

— On ne vous voit plus au parking. Qu'est-ce qui se passe ? Tu m'évites ?

Haussement d'épaules, regard au sol.

— Mais non. Paturel est en arrêt, après sa blessure sur la dalle de Panteuil, Marty et moi, on n'a aucune envie d'aller au parking sans lui.

Balou sourit maintenant, mais son regard aigu ne lâche pas un instant le visage d'Ivan, à l'affût de la moindre réaction.

— Tes coups de pied, ce soir, total respect. Je t'envie. Je n'ai jamais pu taper avec cette force dans un ballon, même au temps de ma splendeur. Un temps de silence. Je me demande l'effet que ça ferait, un coup de pied pareil, si tu le lâchais dans la tête d'un homme. Une pause. Ou d'une femme. Qu'est-ce que t'en penses ?...

Ivan devient livide. La boule d'angoisse qui palpite toujours, lovée au creux du ventre, remonte et bloque le sternum. Retour sur une fin d'après-midi pendant laquelle sa vie a commencé à basculer. Il venait d'être nommé adjoint de sécurité, dans un groupe de trois flics à vélo de Lisle-sur-Seine. Moyenne d'âge : vingt-deux ans. Un banal contrôle d'identité d'un gamin de douze ans qui dégénère en énorme cafouillage, les flics paniquent, bilan : une collègue gravement blessée au visage, un jeune de dix-huit ans accusé de l'avoir massacrée, et lui, Ivan, principal témoin à charge et partie civile, entraîné dans une mécanique qu'il n'a pas su refuser, bloquer. Le procès a eu lieu, et le jugement va être rendu le 7 septembre.

— Pourquoi tu me parles de ça ce soir ?

— Pour que tu te rappelles quelques souvenirs, et que tu réfléchisses. Au moment de votre sale bagarre, à Lisle-sur-Seine, devant le portail de Cinévagues, tu m'as demandé un service : m'introduire la nuit dans leurs bureaux pour vérifier qu'il n'y avait rien de compromettant pour toi sur les bandes de leurs caméras de surveillance. Tu te souviens ? Et je l'ai fait pour toi. Maintenant, c'est moi qui te demande un service. J'ai rendez-vous avec les Manouches à la fin du mois de septembre, ce jour-là, il me faudra des papiers. Il te reste quatre semaines.

Sans un mot, Ivan se lève et retourne s'enfermer dans la douche, la bouteille de jus de mangue à la main. Il ouvre le jet d'eau à pleine puissance. Balou s'approche de la cloison, toujours souriant. J'ai trouvé la faille, je le tiens, maintenant, je le sens. Il continue à parler :

— Je sais que tu m'écoutes. Tu le sais très bien, Ivan, et je te l'ai déjà dit, tu n'as aucun intérêt à ce que ces sales histoires ressortent. Et c'est pour ça que tu vas m'aider. Mais comme tu n'es pas très débrouillard, je t'ai préparé le travail. À Panteuil, il y a un petit gars qui connaît le flic qu'il faut contacter pour avoir des vrais faux papiers. Moi, je peux pas y aller en direct, parce que les Manouches le sauraient tout de suite, et ils ne me prendraient pas avec des papiers pas très nets. Et puis les flics ripoux préfèrent traiter avec d'autres flics, ils se sentent plus en sécurité. Donc, tu vas voir mon petit gars, il te donne des noms de flics, tu vas voir les flics, je te donne le fric, ils te donnent les papiers. C'est simple, non ?

Dans la douche, l'eau ne coule plus. Balou imagine Ivan immobile, trempé, blême, l'oreille tendue. Il ne m'échappera pas. Il s'approche du casier de vestiaire d'Ivan, glisse une feuille de papier pliée en quatre dans la poche du pantalon, et crie :

— Je te laisse le nom et les coordonnées du petit gars de Panteuil dans la poche de ton pantalon. Je repasserai, très vite. Salut.

Et il s'en va en claquant la porte du vestiaire. Ivan attend encore une grande minute. Silence complet. Il sort de la douche enveloppé dans sa serviette, va fermer la porte au loquet, reprend sa position allongée sur le banc, paupières closes. Il faut réfléchir, même s'il n'en a pas l'habitude. Il n'est pas très malin, il le sait, au foot, son jeu n'est pas subtil, il s'en est toujours accommodé sans trop de problèmes. Aujourd'hui, il aimerait être plus subtil pour mieux comprendre, pour savoir quoi faire. Balou me menace, mais de quoi, exactement ? Faire ressortir les sales histoires de la bagarre de Lisle-sur-Seine. Il n'y était pas, il n'y a pas assisté, mais il sait ce qui s'est passé. Il n'est pas un témoin direct, mais quelqu'un lui a raconté ? Qui ? Des gosses de Lisle-sur-Seine ? Lui revient en mémoire la silhouette du blessé évacué sur une civière, croisé sur les marches du commissariat de Panteuil, et qui l'injurie. La mutation de Lisle-sur-Seine à Panteuil n'a servi à rien. Ils l'ont retrouvé et ils ont informé Balou. Ce n'est pas une bonne nouvelle. Mais ça ne donne pas plus d'importance que ça à ses menaces. Pour le procès, c'est trop tard. Et après, qui va le croire ? Faire ce qu'il me demande et lui trouver des papiers ? Des flics qui vendent des papiers, bien sûr que ça doit exister, tout le monde en parle. Mais moi, je ne veux pas entrer dans la mécanique des flics ripoux et de leurs copains les petits truands de Panteuil. Ça, jamais. Dans le genre, Paturel me suffit.

Et puis fin septembre, son rendez-vous avec les Manouches, c'est après le 7, le jour du jugement. Et moi, le 8, je suis parti. Si je tiens jusqu'au 8, je suis sauvé. Je peux m'organiser, aller coucher ailleurs, chez des copains, dans des squats, n'importe où. Au foot, partir très vite, après le match, par la porte de derrière. Je peux essayer. Je ne vois pas autre chose à faire. Et puis, le 8 septembre, je fous le camp en douce, comme un malpropre, vers une autre vie, là où Balou ne pourra jamais me retrouver. La voie de la sagesse.

*

Noria s'est organisée pour passer la nuit à son bureau, seule en tête à tête avec Le Muir. Elle déguste ces moments-là, la petite pièce sous les combles, la lucarne ouverte sur la touffeur violette de la nuit parisienne, le silence des couloirs déserts, du temps devant soi, du calme, pour traquer la commissaire, l'approcher, la comprendre, et la coincer.

L'ordinateur est branché. Noria a posé sur le bureau trois paquets de biscuits, des Petits LU, toujours des Petits LU, secs sous la dent, pâteux dans la bouche, avec un goût fade d'enfance dont elle ne se lasse pas. Pendant des années, en rébellion contre sa famille, l'autorité de son père et de ses frères, la soumission de sa mère, elle avait refusé d'avaler la cuisine épicée, à la mode algérienne, que mijotait sa mère, enfermée dans l'appartement familial, et avait survécu, à la limite de l'anorexie, en se bourrant de Petits LU sur le chemin de l'école, à la récréation, des paquets qu'elle se payait avec son argent de poche ou, au besoin, en les volant dans les supermarchés. Pour les faire passer, cette nuit, une ther-

79

mos de thé bon marché, très fort, râpeux, sans sucre. Ce soir, Noria ne chasse pas en meute, elle braconne. Les règles ne sont pas les mêmes, le plaisir est décuplé.

Elle s'assied devant l'ordinateur, joue avec le clavier. Point de départ : Le Muir. La conclusion est rapide : rien d'intéressant. Le Muir est limpide. Elle le savait déjà. Quelques biscuits et une rasade de thé, pour se donner du courage. Il faut chercher autour d'elle, et d'abord, au plus proche, dans le milieu du commissariat de Panteuil.

Elle pianote en commençant par les plus haut gradés. Commandant, capitaines, rien d'intéressant. Brigadiers-majors, un nom l'arrête : Pasquini. Croisé ou lu quelque part, une très vague réminiscence, mais des Pasquini, on en trouve à la pelle. Chercher quand même. Chauffeur de Le Muir. Intéressant. L'intimité de la voiture. Le chauffeur sait toujours tout. Pasquini entre dans la police nationale à vingt ans comme gardien de la paix à Nice, en 1981. Il apparaît assez vite dans les fiches des RG, car il adhère au PNFE, un groupuscule d'extrême droite qui s'emploie activement, dans ces années-là, à noyauter la police et à combattre le pouvoir socialiste, qu'il considère comme dangereusement révolutionnaire. En 1986, Pasquini est signalé comme participant à des assemblées militantes dans lesquelles on apprend à manier les explosifs. Cela ne semble pas freiner sa carrière. Il devient brigadier la même année. Il est arrêté en 1991 avec toute une bande d'activistes d'extrême droite, recrutés pour l'essentiel dans la police et dans l'armée, soupçonnés d'avoir posé des bombes et mis le feu dans deux foyers de travailleurs immigrés, à quelques mois d'intervalle, en 1989, à Cannes et à Cagnes-sur-Mer. Bilan : un mort, des dizaines de blessés. Noria relit lentement une deuxième fois la note.

Elle ne s'est pas trompée, c'est bien du même Pasquini qu'il s'agit. Faire une pause, se donner le temps de réfléchir.

Elle prend un paquet de biscuits, écarte son fauteuil du bureau, étend les jambes, et commence à grignoter, les yeux fixés sur le rectangle sombre de la lucarne. Après les biscuits, un gobelet de thé brûlant. Un passé plutôt lourd, ce Pasquini. D'accord, c'était il y a seize ans, mais enfin, des militants d'extrême droite qui passent à l'acte et assassinent des immigrés sont rares dans notre pays, heureusement. Même chez les flics. En trouver un dans l'environnement très proche de Le Muir ne peut pas être anodin. Il faut creuser. Elle se secoue et retourne à l'ordinateur.

Les suspects arrêtés en 1991 sont jugés, reconnus coupables, condamnés. Mais pas Pasquini, qui a été sorti de la procédure (aucune explication dans la note : protections ? probable) et muté en région parisienne avec une promotion, le grade de brigadier-chef, grâce à une note confidentielle très positive, rédigée par Francis Jantet, inspecteur de police, affecté à la section « Surveillance des mouvements d'extrême droite » aux RGPP. Bouffée de chaleur.

Noria se lève, marche en rond dans le bureau, incursion dans le couloir pour se donner de l'air. Tous ces souvenirs qui remontent d'un coup. Douloureux. Plus ou moins. Conflictuels, en tout cas, et violents. 1986. Noria, petite fliquette d'un quelconque commissariat, est affectée aux RGPP, à la demande de Macquart. Elle est très jeune, travaille sur une affaire importante et obtient des résultats. Macquart l'apprécie et le fait savoir. Noria croit apprendre ce qu'est la réussite et avoir trouvé ce qui, pour elle, s'apparente à un père, à une famille. Et puis, le choc avec Jantet, les vannes racistes et machistes quotidiennes dans les couloirs ou dans les réunions de travail, chaque fois qu'il la croise. Bien pire, les sales bruits qu'il fait courir sur sa vie sexuelle, ses pratiques religieuses supposées, la qualité de son travail et ses relations suspectes avec Macquart. Elle se souvient d'avoir lentement pris conscience que le flic raciste, machiste et violent était bien mieux accepté par tous ses collègues, de façon beaucoup plus spontanée et naturelle, qu'elle ne l'était elle-même, la femme, arabe, trop jeune, trop ambitieuse. Elle réalise seulement aujourd'hui, en fouillant dans ces notes, combien elle a souffert pendant ces six années. Au jour le jour, elle n'avait pas le temps d'y penser, tout occupée à se taire, serrer les dents et bosser comme une perdue. Et puis elle s'est imposée, jour après jour, pendant que Jantet descendait aux enfers et se retrouvait finalement viré des RGPP pour avoir trop sympathisé avec les militants d'extrême droite qu'il était censé surveiller. Et elle l'avait complètement oublié.

Elle retourne à son ordinateur. Après avoir été muté un temps aux Stups, Francis Jantet a été arrêté en 1997 dans une très sombre affaire de trafic d'armes à l'échelle européenne, dans laquelle les truands flirtent avec les flics et les politiques du SAC et du GAL. Il a été radié de la police et condamné à la prison dont il ne semble pas encore être sorti.

Jantet n'est plus dans la police, Noria y est encore, en un sens, elle sait ce soir qu'elle a gagné. Elle sait aussi qu'elle a une bonne raison de ne plus lâcher Pasquini. Mais elle a beau fouiller le dossier avec application, elle n'y trouve plus aucune trace de lui. Il semble s'être rangé ou n'a pas été pris. Affecté au commissariat de Mantes dès 1993, il est promu brigadier-major en 1998, Le Muir arrive à

Mantes en 2000 et Pasquini devient son chauffeur en 2001 et la suit ensuite à Panteuil. Un vieux couple. Donc, chacun y trouve son compte. Mais il faut être très prudent. C'est un tel sac de nœuds que tout est possible. Liens maintenus avec Jantet et « effacés » des dossiers, liens créés avec les truands sous l'égide de Jantet, double jeu au profit d'un service de renseignement français. Ou les trois en même temps. Et quel bénéfice Le Muir en retire-t-elle ? Il est impensable qu'elle ignore le passé de son chauffeur. Mais au-delà ? Noria se lève, s'étire. Fatiguée. Pas envie de gâteaux, mais plusieurs verres de thé, bien chaud. Minuit passé, la nuit parisienne est plus profonde, elle a perdu sa belle teinte violette. Une possibilité : sortir le dossier du PNFE dans les années 1983-1986, et voir si on ne trouve pas d'autres rescapés au commissariat de Panteuil ou dans l'environnement de Le Muir. Une recherche un peu lourde, mais elle n'a pas envie de rentrer dormir quelques heures. Retour à l'ordinateur.

Noria dresse des listes, cherche des recoupements, ne trouve rien qui concerne le commissariat de Panteuil. Mais s'arrête sur un certain Joseph Mitri, chasseur-parachutiste démobilisé en 1985, arrêté et contrôlé dans une réunion « séditieuse » du PNFE en 1986, jugé et condamné à cinq ans de prison en 1991 dans l'affaire des incendies de foyers d'immigrés de Cannes et de Cagnes-sur-Mer et libéré deux ans plus tard. Jusque-là, il est bien probable que Mitri et Pasquini se connaissent, mais on ne peut rien en tirer de plus. La suite est plus intéressante. Après sa sortie de taule, en 1993, Mitri se rend en Croatie, comme mercenaire, s'intéresse au trafic d'armes. Et on le retrouve en 1997 dans la bande de Jantet, où il joue les intermédiaires pour le marché balkanique. Pasquini, Jantet, Mitri. Il y a peut-être quelque chose.

Mais quoi ? Mitri se retrouve en taule jusqu'en 1999, puis Noria perd sa trace. Elle rédige une note de demande d'informations qu'elle transmet au groupe des RG qui suit les mouvements d'extrême droite, éteint son ordinateur, sourit à la femme de ménage qui entre dans son bureau, ramasse ses affaires et descend prendre un petit déjeuner au Café du Soleil.

*

Dès son arrivée au commissariat, Doche vérifie les numéros d'immatriculation relevés la veille. La berline Peugeot est bien la voiture de fonction de la commissaire Le Muir. La Ferrari et la BMW ne figurent pas au fichier des voitures volées, elles appartiennent aux frères Lepage. Choc. Les Lepage sont les caïds manouches de la banlieue nord, dont des bruits insistants disent qu'ils sont désormais en mesure de contrôler également Paris centre. Même un jeunot comme Doche sait cela. Le garage Vertu prend des proportions inattendues et sans doute dangereuses. Que vient faire le chauffeur de la commissaire avec ces truands ? Qui était son passager ? Genêt n'a toujours pas réagi à son premier rapport. Pourquoi ? Parce que le garage Vertu est un énorme merdier ? Et si c'est un énorme merdier, ne va-t-il pas se faire broyer dans l'affaire, lui le petit nouveau ? Doche hésite longtemps, puis se lance dans la rédaction d'un second rapport concis, mais exhaustif. Et décide de ne pas en rester là. Le soir même, il suivra le jeune ouvrier, pour en savoir un peu plus sur son compte. On verra bien.

Coup de chance, pas d'activités nocturnes au garage Vertu, et le petit jeune quitte le garage avec l'ensemble des ouvriers, au moment même où Doche arrive dans le haut de la rue. Le groupe stationne pendant quelques instants devant le portail, puis le petit jeune part, seul, en direction du canal. Doche le suit de loin. Le jeune tourne à gauche pour longer le canal puis, brusquement, quitte l'asphalte, et s'engage dans le terrain vague. Doche est obligé de se rapprocher pour ne pas perdre sa trace. Il prend un sentier qui serpente entre des buissons foisonnants, hauts au-dessus de sa tête. Dès qu'il pénètre dans ce fouillis végétal, Doche est saisi par les odeurs multiples, inattendues, les bruissements ténus et innombrables, une petite jungle dont il ne soupçonnait même pas l'existence. Il avance, comme à tâtons, dans une demi-obscurité, les couleurs s'estompent, les bruits s'amplifient, il a l'impression d'avoir perdu le contact avec l'homme qu'il file, il n'est plus sûr de savoir précisément où il est. Dans une trouée, il aperçoit l'autoroute proche. Le jeune doit se diriger vers le camp de Roms, installé à la jonction de l'auto-route et du canal. Il se sent de plus en plus oppressé et décide de rejoindre la rive du canal à l'instant où il prend un coup sur la tête, il vacille, une bourrade dans le dos, il tombe. Le petit jeune est là, penché au-dessus de lui, le visage long, étroit, le front haut, le nez droit, les sourcils noirs très mar-qués, et les yeux noirs durs, une image précise et forte comme un flash à bout portant, en noir et blanc. Il a une courte matraque à la main, et deux copains, un peu en retrait, l'appuient. « T'avise plus de me suivre, sale pédé. » Une volée de coups de pied dans les côtes, puis plus personne.

Au bureau des pleurs, Doche se traîne comme une âme en peine, avec des douleurs dans tout le buste et une bonne migraine. Gros Robert le bouscule gentiment et le temps s'étire sans fin. Au milieu de l'après-midi, Michel prévient : « Je laisse passer une bande de furies, des mendiantes roumaines, je les ai bloquées pendant quatre heures, mais rien à faire, maintenant, à toi de jouer. » Trois femmes, en jupe longue et fichu sur la tête, des étoffes ternes et sales, entrent dans le bureau en parlant très fort, avec véhémence, toutes ensemble et dans une langue incompréhensible. Gros Robert explique sur un ton bonhomme qu'il ne comprend rien, qu'elles reviendront quand elles sauront parler français et qu'alors… La plus âgée, la peau très sombre, le regard enfoncé et fixe, agite la main, « attends, attends », elles ont un interprète, elle entrouvre la porte, fait signe à quelqu'un qui attend dans le hall, et le jeune mécanicien du garage Vertu pénètre dans le bureau. Choc réciproque. Doche s'assied, les jambes flageolantes, le jeune a un bref mouvement de panique et de fuite, puis il se ressaisit, vient s'accouder au bureau devant Gros Robert et lui explique calmement que ces trois femmes se sont fait dépouiller de leur argent la veille, au carrefour du Bois-Joli, par une patrouille du commissariat dont il donne le numéro d'immatriculation du véhicule, et qu'elles sont bien décidées à porter plainte. Gros Robert tergiverse. Le jeune homme ajoute, sans élever le ton : « Si la plainte de ces femmes n'est pas enregistrée immédiatement, moi, j'en dépose une contre ce pédé — doigt pointé vers Doche — pour harcèlement sexuel, pas plus tard qu'hier et j'ai des témoins. »

*

Il a fallu près de quarante-huit heures pour que Noria obtienne de ses collègues les renseignements demandés sur

Joseph Mitri. La note interne vient d'arriver, elle est là, posée sur son bureau. Noria hésite à la lire, entre curiosité et appréhension. Une fois seule, elle s'y met. Les premiers feuillets ne lui apprennent rien. Elle glisse rapidement jusqu'au dernier paragraphe : en 1999, Joseph Mitri sort de prison. Il est embauché en 2000 comme convoyeur de fonds par la société IFTS (Île-de-France Transport Sécurité), siège social 36, avenue du Général-de-Gaulle, à Mantes. Il y travaille toujours aujourd'hui. Apparemment très apprécié, il est devenu le responsable du personnel opérationnel.

Mantes. En 2000, le brigadier-major Pasquini était affecté au commissariat de Mantes. Noria ne croit pas au hasard.

*

La commissaire Le Muir a réuni à l'étage de la direction le commandant et les brigadiers-chefs responsables des différentes brigades pour faire le tour des affaires en cours, évoquer quelques problèmes préoccupants apparus ces derniers temps dans la gestion du personnel du commissariat et tester les solutions qu'elle entend mettre en œuvre. Elle a toujours recherché l'adhésion des « hommes du terrain » et estime ainsi être à l'abri des mauvaises surprises.

Premier point à l'ordre du jour, le sort du gardien stagiaire Sébastien Doche. Après l'esclandre au bureau des plaintes, il a raconté, avec sincérité et candeur, toute son aventure au brigadier-chef Genêt qui prend sa défense. Certes, il a accumulé les irrégularités et les initiatives plus que malheureuses, mais il a fait des rapports réguliers, manifestant ainsi qu'il n'entendait pas tromper sa hiérarchie.

Malheureusement, lui, Genêt, était, à ce moment-là, écrasé

sous la paperasse et le boulot, les deux rapports de Doche sont arrivés le lendemain et le surlendemain de la malheureuse affaire du téléphone portable. Temps d'arrêt, regard circulaire, Genêt se garde bien d'informer sur le contenu de ces rapports, et personne ne lui demande de le faire. Donc, il continue. Il est dramatiquement en sous-effectifs, le gardien Reverchon est en arrêt maladie de longue durée, et il n'est toujours pas remplacé, un temps d'arrêt — geste de la main de la commissaire, je sais, nous en reparlerons, poursuivez — bref, lui, Genêt, n'a pas réagi à temps, mais Doche peut très bien faire, il ne faudrait pas le décourager, c'est un jeune qui a la vocation.

Le brigadier-major Bosson, le responsable de la nuit, fait la grimace.

— Quand un flic fait ce métier par vocation, la très grosse bavure n'est jamais bien loin. Personne ne lui a expliqué à ce connard qu'un flic n'agit jamais seul ? Qu'est-ce qu'ils apprennent à l'école ?

La commissaire lui sourit.

— Bosson, en parlant de bavure… Vous êtes au courant, comme tout le monde ici j'imagine, de la plainte des trois mendiantes roumaines ? Bosson acquiesce. Est-il impossible de régler le problème à l'amiable ?

Un temps de silence. Bosson se pince l'arête du nez.

— Non, madame, ce n'est pas impossible. Je peux essayer.

— Eh bien, faites-le. Nous n'avons pas besoin de ça maintenant. D'autant que j'ai une mauvaise nouvelle. Trois personnes, dont une femme enceinte et un mineur, ont porté plainte pour coups et blessures, violences aggravées, toute la panoplie, après la malheureuse affaire du téléphone portable. Pour l'instant, ce sont des plaintes contre X. Mais on va avoir une enquête judiciaire et une autre de l'IGS, nous n'avons pas intérêt à prendre nos collègues de l'IGS à la légère. Il vaut mieux régler les mendiantes à l'amiable au plus vite, pour qu'on n'en parle plus. Et prendre tous les moyens pour préparer avec les intéressés, je pense surtout à l'équipe de Sauvageot, les dépositions devant les enquêteurs. Genêt se chargera du travail de mise au point et de coordination des témoignages. Je ne veux pas une note discordante. L'idée directrice est claire : il n'y a pas de flics cogneurs dans notre commissariat. D'ailleurs, Paturel est une victime, lui aussi, même si, évidemment, il ne porte pas plainte contre des collègues.

Discussion rapide ensuite sur des propositions de mouvement du personnel. Renforcement de la brigade de Genêt, passage de Doche en PS de nuit (parfait, il n'aura plus d'occasion de se livrer à ses petits jeux solitaires et il apprendra le métier), ainsi qu'Isabelle Lefèvre. Ah, Isabelle Lefèvre... Pour Genêt, c'est la meilleure recrue qu'il ait accueillie depuis longtemps. Une très bonne mentalité, un investissement pour l'avenir. Un passage par le car de police secours sera une excellente formation.

— Pour conclure, messieurs, un rappel qui semble bien utile. La surveillance du garage Vertu relève de l'Antigang, pas de nous. Donc, nous nous tenons à l'écart.

Genêt baisse les yeux, regarde fixement ses mains croisées sur la table. L'Antigang a levé sa surveillance depuis plus d'un an. Et il en a informé la commissaire. Qui d'autre est au courant, autour de cette table ? Bosson, c'est sûr. Surtout, ne pas le regarder. Que dirait la commissaire si lui, Genêt, lui demandait ce que son chauffeur trafique avec le garage Vertu ? Lourd, le petit temps de silence. Le Muir poursuit :

— Et une bonne nouvelle : Paturel reprend son service ce soir. Pas trop tôt. Les résultats de sa BAC étaient nettement en baisse en son absence.

Bosson a prévu de ne pas rentrer chez lui après la réunion avec la commissaire. Trop loin, pas le temps. Aussi, en arrivant, il a déposé chez Tof un filet de marcassin. Un peu de braconnage, péché véniel. Les nuisibles pullulent dans sa région. Et à sept heures, pile, il est à table.

Tof sert le rôti avec une purée de céleri et tous deux dégustent en connaisseurs, dans l'arrière-cuisine, avant l'arrivée de la clientèle du soir. Avec un bon petit bourgogne. On n'est pas loin du bonheur.

— Alors, Marcel, c'est quoi, cette embrouille avec le garage Vertu ?

— Une initiative personnelle d'un jeune gardien stagiaire.

— Me prends pas pour un con.

— C'est dur à croire, mais c'est la vérité...

— La police n'est plus ce qu'elle était...

— ... La Muraille l'a bien secoué, et l'a muté à police secours de nuit, sous mes ordres. Il ne bougera plus.

Nouvelle tournée de marcassin, de purée et de bourgogne.

— Tof, les mendiantes qui ont porté plainte, tu es au courant ?

— Oui.

— Elles nous posent un sérieux problème, ce serait trop long de t'expliquer pourquoi…

Tof se met en scène, fignole son personnage : il finit son verre de vin lentement, avec componction, essuie sa moustache, se renverse dans sa chaise, prend le temps de sourire.

— Elles sont parties en voyage. Tu sais comment sont les Roms, ils ne tiennent pas en place. Tu n'entendras plus parler d'elles.

— Tes amis ont du savoir-vivre.

Tof se lève, passe au bar, fait deux espressos, revient avec les tasses.

— Conseil d'ami, Marcel. Ce soir, envoie tes gros bras chasser aux alentours du terrain vague. J'ai entendu parler de baston chez les petits dealers du coin, et tes gars devraient pouvoir faire du chiffre.

Bosson va s'allonger au fond du jardin pour dormir deux heures avant de prendre son service. Sommeil difficile à trouver, il est préoccupé. Tof n'est pas un bienfaiteur de la police et ses correspondants non plus. Et leurs bons tuyaux ne sont jamais gratuits.

À sa prise de service, Bosson passe saluer le retour du King dans le petit local où les Bacmen sont en train de s'équiper. Atmosphère survoltée. Paturel, le gilet pare-balles enfilé sur son torse nu, son arme non chargée à la main, saute par-dessus la chaise, la table, en poussant des cris d'oiseau et en tiraillant à tout va.

— Je vois que tu tiens la forme, ça fait plaisir.

Le calme revient vite.

— King, écoute-moi bien. Ce soir, vous allez patrouiller autour du terrain vague, sans y pénétrer, évidemment, comme d'habitude. Vous me signalez par radio tout mouvement dans le secteur, quel qu'il soit. Je veux que vous mainteniez le contact radio en permanence. Si vous passez dans un trou noir, vous vous déplacez immédiatement, pour rétablir le contact. Et vous attendez les ordres.

Quand Bosson s'en va, l'ambiance n'y est plus. Paturel, qui se voyait déjà au milieu des filles, fait la gueule. Ivan, lui, se dit qu'il échappe au parking, et donc à Balou, pour ce soir au moins. C'est déjà ça de gagné. Pour l'instant, son plan d'évitement fonctionne. Chaque jour qui passe sans Balou est une petite victoire. Le 7 septembre se rapproche, Carole viendra le rejoindre et ils partiront ensemble, loin de tout ce merdier.

— Magne-toi, Ivan. On est partis.


La soirée est d'une monotonie écrasante. Ivan conduit au ralenti, enfile la rue qui longe le garage Vertu et domine le terrain vague, tourne sur le chemin de halage, remonte jusqu'au campement de gitans sous l'autoroute. Il arrête la voiture sur le terre-plein qui précède le campement. Les trois hommes contemplent l'amas de caravanes regroupées sous le tablier de l'autoroute. Un grillage rouillé délimite les frontières du camp, les frontières de l'inconnu. Les frontières de l'interdit ? Ils écoutent, aux aguets. Rien ne bouge. « Tranquille à ce point, c'est pas normal », dit très bas Marty. Ivan fait demi-tour et reprend le chemin de halage en sens inverse. « On n'a pas fini de se faire chier », râle Paturel. Devant eux, la masse sombre des broussailles fermée au loin par les cubes noirs des derniers immeubles de Panteuil. Une lueur orange danse sur l'écran noir du cube le plus avancé dans le maquis du terrain vague. Ivan freine, bloque la voiture.

— Regardez, je rêve pas, on dirait qu'il y a le feu là-bas.

La lumière devient plus brillante, plus intense et lâche une volute de fumée noire. Paturel attrape la radio et tombe en direct sur Bosson, comme à l'affût.

— Chef, on dirait qu'il y a le feu, à un des squats du terrain vague. Le squat des Maliens.

Il entend distinctement Bosson jurer. « Baston chez les petits dealers, je t'en foutrais moi. »

— Où êtes-vous ?

— Sur le chemin de halage, à mi-chemin entre le camp de gitans et la rue Vieille.

— Sérieux, l'incendie ?

— À première vue, oui. On dirait que cela prend très vite.

— Ne bougez pas, ne vous approchez pas du squat. L'incendie, on s'en charge. Si ça brûle, les dealers vont sortir de leurs trous à grande vitesse. Vous, vous attrapez ce que vous pouvez et vous revenez au commissariat.

Bosson grimpe au deuxième étage, entre dans le bureau de l'officier de permanence.

— Il y a le feu au squat des Maliens, au terrain vague, et ça va brûler comme une boîte d'allumettes.

Mobilisation immédiate. Pompiers, Samu, les secours sont déjà en route vers le lieu du sinistre. L'officier réveille Le Muir qui rejoint immédiatement le commissariat, sans poser de questions.

Paturel triture sa matraque pour s'occuper les mains. Il marmonne. « Vous ne trouvez pas bizarre que Bosson nous ait envoyés ici, comme s'il savait qu'il allait y avoir le feu ? »

Dans un grondement, une colonne de flammes monte le long de la façade jusqu'au toit, le bâtiment semble s'ouvrir en deux, dans un jaillissement de flammèches et d'étincelles. Tous trois se taisent, fascinés par le spectacle. Au fond de la scène, on entend le bruit des sirènes qui convergent vers le lieu du sinistre. Le terrain vague s'anime, des silhouettes en survêtements, capuches sur la tête, jaillissent des buissons, courent sur le chemin de halage, vers l'autoroute. Dès qu'elles aperçoivent la voiture banalisée de la BAC, elles font demi-tour et courent vers Panteuil, mais le bruit des sirènes qui se rapprochent dans cette direction les rend fébriles. Paturel touche le bras d'Ivan.

— Fonce, rattrape-les. On choisit chacun le sien. Je prends le survêt noir.

Ivan démarre en force, très courte et violente accélération, arrêt brutal, les trois flics bondissent de la voiture, foncent vers les silhouettes qui refluent dans les taillis. Paturel course la silhouette noire, la chope par le poignet droit. Sans stopper sa course, elle pivote, le bras gauche étendu à l'horizontal, le poing fermé. Paturel, déséquilibré, distingue un instant le visage long, émacié, le nez busqué, les yeux enfoncés, et le sourire « je te nique, sale keuf », puis le poing fermé l'atteint à la volée à la tempe, sans qu'il ait fait un geste pour se défendre. Il lâche prise et tombe sur les genoux. Quelques très longues secondes avant de retrouver son souffle et la vue, il se redresse et revient en titubant vers la voiture. Marty et Ivan y sont déjà, avec deux jeunes types menottés et résignés.

— Il m'a semé à la course, bordel. J'ai pas encore récupéré ma condition physique. On embarque ces deux-là, et on rentre à la taule.

Au commissariat, Le Muir prend la direction des opérations avec une redoutable efficacité. Elle alerte tous les responsables du département, exige et obtient des moyens. Quatre casernes de pompiers et plusieurs Samu sont mobilisés. Les services sociaux sont à pied d'œuvre. Le gymnase de Panteuil est mis à disposition par le maire. Des lits, des couvertures, des médicaments, des denrées alimentaires commencent à affluer. Dans un dossier, ouvert devant elle sur son bureau, sur une feuille volante, les coordonnées de plusieurs responsables de l'Association des Maliens de France, une antenne de l'ambassade. Elle les appelle les uns après les autres, les informe sur l'incendie, leur donne les coordonnées du gymnase, insiste pour qu'ils s'y rendent sans tarder. Bosson, silencieux, admire.

— La 7e CRS, explique-t-elle à Bosson, va arriver sur les lieux d'un instant à l'autre. Je lui ai demandé de contrôler la zone du squat. Tous ceux qui y entrent et tous ceux qui en sortent. Je sais que ce n'est pas facile. Mais je veux empêcher tout contact entre les rescapés et les associations de défense et de soutien diverses et variées qui pullulent dans le coin et ne causent que des ennuis. Et je sais qu'elles sont particulièrement nombreuses autour de ce squat, donc il faut être vigilant. Ce que j'attends de nos hommes, Bosson, c'est qu'ils aident sur place à regrouper les rescapés et assurent leur transfert sécurisé vers le gymnase. Là, il faudra commencer à constituer des listes pour le relogement rapide de tous ceux qui sont en situation régulière. Vous pouvez m'organiser ça ? Dans le gymnase, nous pourrons compter sur le soutien de l'ambassade, je les connais, ils savent être efficaces. Personne n'a intérêt à laisser traîner la situation.

Avant que Bosson ait le temps de répondre, coup de fil du poste de garde. Le Muir décroche.

— La BAC vient de nous amener deux drogués, ou deux petits dealers, coincés aux abords du terrain vague. Je suis débordé, ici, au poste. Mais Paturel insiste pour qu'on les boucle…

Le Muir regarde Bosson d'un air songeur.

— Ils ont été arrêtés sur les lieux de l'incendie ? Oui… Eh bien, gardez-les et demandez à Paturel de faire immédiatement son rapport. J'arrive tout de suite, je les interrogerai moi-même. Elle raccroche. C'est vous, Bosson, qui avez eu l'idée d'envoyer Paturel ce soir au terrain vague ?

— Oui, madame.

— Une idée géniale, Bosson. Nous avons peut-être une chance de garder l'enquête.


Le car de police secours traverse tout Panteuil à vive allure et débouche dans la rue du garage Vertu, juste derrière le squat en feu. Ça grouille de monde. Les CRS sont déjà sur place, écartent les badauds, tentent d'organiser la circulation des voitures de pompiers, dégagent la place pour installer les postes de secours d'urgence, les premiers rescapés remontent de la zone de feu, courent de l'un à l'autre, perdus.

L'équipe du brigadier Dumézil saute du car, Doche en premier, Isabelle juste derrière lui. Toute l'équipe, bloquée dans son élan, se prend comme un coup de poing les bouffées de chaleur intense, les odeurs asphyxiantes, la pluie de cendres grises et noires, le ronflement du feu ponctué de hurlements de détresse. À moins de quatre-vingts mètres de là, au bout d'un chemin étroit, la silhouette du squat : un rectangle de briques rouges de cinq étages. Le feu a d'abord pris sur la façade côté terrain vague, et les pompiers ont eu un peu de répit pour commencer l'évacuation en toute urgence par l'arrière, et arroser les planchers et les murs. Mais les flammes se propagent à une vitesse effrayante, à partir de la cage d'escalier centrale qui n'est plus qu'une colonne de feu, et gagnent la façade côté rue. Les pompiers commencent à reculer. Soudain, tout un pan de la toiture s'effondre dans des craquements et des gémissements que Doche ressent jusque dans ses os. Le feu semble s'étouffer un instant sous le poids, puis reprend en pétaradant. Une silhouette de femme apparaît dans une ouverture du cinquième étage. Elle tient un bébé dans ses bras, elle se penche, sa robe, un long boubou bleu, est en feu, elle vacille, elle saute dans le vide, sans un cri. L'équipe de PS la regarde, figée, impuissante. Isabelle, debout à côté de Doche, s'appuie sur son épaule, tourne la tête pour ne plus voir, hurle son désespoir et sa peur.

Puis l'équipe de PS plonge dans les abords de la fournaise, dans la vapeur de cendres, les souffles d'odeurs nauséabondes, les vagues brûlantes. Leurs tâches ont été clairement définies par Dumézil : recueillir ceux qui viennent d'échapper à l'incendie, les calmer, si possible, orienter les blessés les plus graves vers les postes de premier secours, et évacuer les autres, même les blessés légers, vers le gymnase mis à disposition par la mairie où ils seront pris en charge. Et revenir de toute urgence chercher un nouveau chargement de rescapés hagards, désespérés, brisés. Évacuer, évacuer, évacuer. Dans le car de PS, assise sur le plancher, une très jeune femme sanglote, la tête sur les genoux de Doche : « J'ai vu le monstre, je l'ai vu, je l'ai vu... » Personne ne lui prête attention. Une nuit en enfer.

Vers six heures du matin, l'équipe de Dumézil cède la place à la relève. Doche et Isabelle n'ont pas la force de rentrer chez eux, ni de se séparer. En titubant, ils traînent deux matelas au fond du gymnase, un peu à l'écart, s'allongent côte à côte, et s'endorment instantanément, au milieu de la confusion générale.

*

Noria entend bouger dans la cuisine, un bruit retenu de vaisselle, un presse-fruits électrique qui s'emballe, un réveil tout en douceur. Elle ouvre les yeux. Devant elle, la fenêtre donne sur un ciel frais et ensoleillé, et la silhouette massive de la face nord de Montmartre. Elle s'étire sans forcer, avec lenteur. Elle s'est endormie sur le canapé, cette nuit, tout de suite après avoir fait l'amour, et sourit à ce souvenir. Bonfils entre dans la pièce, vêtu d'un large tee-shirt qui descend à mi-cuisse sur ses jambes nues, des jambes superbes, longues, fines, muscles secs, très dessinés. Oublie-les, pour l'instant. Bonfils porte le plateau du petit déjeuner qu'il pose sur une table basse, à côté du canapé. Café noir, orange pressée, fromage blanc, salade de fruits, et des crêpes au sucre. Long soupir.

— Je devrais venir plus souvent.

Bonfils s'assied sur le canapé et allume la radio. Journal de sept heures. L'incendie d'un squat d'immigrés maliens à Panteuil fait l'ouverture. Bilan provisoire, quinze morts…

Noria se redresse sous le choc. Première réaction, pas possible, le squat des Maliens de Panteuil, le vieux chef Aboubacar Traoré, des années de relations de confiance, des formes de collaboration et d'échanges, on pourrait presque

99

parler d'amitié. S'il n'est pas mort dans l'incendie, il ne se remettra jamais de n'avoir pu assurer la sécurité des siens. Quel malheur épouvantable ! Dans un deuxième temps : Pasquini a remis ça ? Seize ans plus tard ? Et avec plus de réussite ? Tais-toi, tu n'as rien qui te permette de penser ça. Et puis, un trou noir, un tourbillon destructeur : tu aurais pu arrêter la mécanique. Peut-être, si tu avais fait plus vite. Qu'est-ce que tu fous là, à traîner au lit et à bouffer des crêpes avec ce bel amant...

La radio annonce que le préfet tiendra une conférence de presse en fin de matinée. Noria regarde sa montre. Juste le temps de passer au bureau, avant d'y aller, à cette conférence de presse. Y aller, pour quoi faire ? Voir les gens, sentir l'air. Absorber toutes les sensations et laisser lentement, dans le flot, se former la pensée. Impossible de ne pas y être.

Bonfils la regarde partir avec amusement. Elle a toujours trouvé le moyen de fuir, d'être ailleurs. Mais elle revient toujours, et cela lui convient. Il finit son café et va prendre sa douche.

*

Quand l'incendie est maîtrisé, les résidents évacués et les abords dégagés, la commissaire Le Muir vient inspecter le chantier. Son chauffeur lui a apporté une paire de bottes en caoutchouc. Plantée sur une butte de gravats, elle contemple le désastre. Coulées de boues noirâtres, hauts murs de briques calcinées, traînées de fumée rampant au sol, plus de toit, plus de charpente, plus de planchers, plus d'escalier, l'immeuble éventré a brûlé comme une torche. Les pompiers continuent à travailler dans les ruines pour contrôler les

reprises de feu toujours possibles sous les gravats. Un capitaine, épuisé, lui parle brièvement d'un premier bilan très
lourd. Quinze morts, dont six enfants. Un pompier légèrement blessé, rien de grave de ce côté-là. Pour le reste, il faut
voir les Samu, les hôpitaux. Le Muir hoche la tête, ne dit
rien. L'enquête de police peut commencer, poursuit le capitaine. Je vous envoie notre équipe, répond Le Muir. Puis
elle s'en va.

Dans les locaux de la préfecture, le préfet, le maire de
Panteuil à sa gauche, la commissaire Le Muir à sa droite,
tient une conférence de presse devant une vingtaine de journalistes assez peu motivés. Un squat qui brûle en banlieue
parisienne, une quinzaine de morts, c'est assez pour faire la
une de toute la presse nationale, mais ce n'est guère grati-
fiant. Ce n'est pas un sujet que l'on s'arrache ni sur lequel
on peut briller. Assise au milieu des journalistes, l'air vaguement blasé, Noria s'emploie à passer inaperçue, écoute,
prend des notes et concentre toute son attention sur Le
Muir. Belle allure, la blonde, froide à faire peur.
Une véritable tragédie, dit le préfet. Un incendie d'une
extrême violence a détruit un immeuble de Panteuil, squatté
depuis des années par environ deux cents occupants, autant
qu'on puisse le savoir, tous Maliens. Malgré le dévouement
et la célérité des pompiers, le bilan est lourd. À l'heure où il
parle, quinze morts, dont six enfants, cinquante-deux blessés dont douze graves ou très graves, pronostic vital engagé
pour cinq d'entre eux. Un pompier a également été blessé,
légèrement. En cause, d'abord, et avant toute chose, l'état
du bâtiment, en ruine, avec des risques constants d'effondrement, aucune règle de sécurité n'y était respectée, et

l'immeuble n'était plus alimenté en eau, ses occupants se ravitaillaient à une prise d'eau dans la rue. Ensuite, la surpopulation. Les familles africaines, souvent en situation régulière, parfois polygames, avaient toutes de très nombreux enfants. Et il semble bien qu'un grand nombre d'immigrés en situation irrégulière y avaient également trouvé refuge. Il faut noter que les services de police étaient intervenus à maintes reprises dans les commissions départementales du logement pour souligner les dangers de la situation et avaient émis des pronostics alarmistes. Le préfet tient à renouveler ses mises en garde. Ces squats, comme toutes les formes de logements surpeuplés et insalubres, très nombreux dans le département, d'après les services de police concernés, qui en ont recensé plus de deux cents, représentent un réel danger, non seulement pour ceux qui y résident, mais pour l'ensemble de la population, parce que, au-delà des risques d'incendies, ils représentent des kystes d'insécurité et d'insalubrité au cœur des villes. Les contrôles de police et des services d'hygiène y sont quasiment impossibles et, autour de ces immeubles, se développent toutes sortes de trafics et de violences. Cette situation doit cesser. Aussi, le préfet demande dès aujourd'hui à ses services de lui communiquer la liste des immeubles vétustes et insalubres, occupés illégalement ou dans des conditions dangereuses, et s'engage à les faire évacuer dans des délais raisonnables.

Puis il passe la parole au maire de Panteuil, assez mal à l'aise car il a toujours été hostile à l'évacuation en force des locaux squattés, et il se sait mis en cause par le préfet. Il parle d'un drame horrible qui interpelle tout le monde, félicite les pompiers, rappelle que la mairie a mis son gymnase à disposition des rescapés et mobilise les services municipaux pour assurer les premiers secours et le relogement dans les plus brefs délais. Et il se tait.

Le Muir, à la droite du préfet, ne quitte pas des yeux la feuille de papier étalée devant elle qu'elle couvre d'arabesques compliquées, apparemment très détachée de ce que disent le préfet et le maire. Noria voit bien qu'elle jubile et que son seul souci est de n'en rien laisser paraître, car ce serait évidemment indécent. Mais le préfet vient de basculer de l'immobilisme dans l'action, sur la ligne politique du « nettoyage ethnique », sans doute grâce à un bon coup de pouce des services du ministère, et Le Muir sait que cette victoire lui ouvre de belles perspectives de carrière. La grande blonde est une femme qui prend ses décisions d'un trait, sans repentirs. Une tueuse.

— A-t-on une idée des circonstances dans lesquelles le feu a pris ? demande un journaliste.

Le Muir écoute attentivement la réponse préfectorale :

— Il faut être prudent. Le parquet de Bobigny a confié l'enquête préliminaire au commissariat de Panteuil, dont les policiers, sur les lieux dès le tout début de l'incendie, ont procédé à quelques arrestations en flagrant délit. Les premiers renseignements qu'ils ont pu recueillir nous amènent à penser que l'incendie pourrait avoir une origine criminelle. Il est de notoriété publique que la drogue circule abondamment dans l'environnement de ce bâtiment. La police étudie la possibilité d'un lien entre le marché de la drogue et l'incendie criminel mais, pour l'instant, ce n'est qu'une hypothèse parmi d'autres. Il est trop tôt pour vous en dire plus sur ce sujet. Attendons les conclusions de l'enquête.

Le maire opine.

Le Muir balaye du regard le fond de la salle. Parfait. Tout

est en place. Tous les syndicats de policiers sont là, on peut passer à la deuxième phase des opérations.

Le préfet ramasse ses notes, se tourne vers le maire qui en fait autant, remercie l'assistance, et les deux hommes s'en vont. Les journalistes se précipitent vers le buffet autour duquel les policiers syndicalistes viennent les rejoindre. Verres de whisky, discussions feutrées par petits groupes, sur le ton de la confidence. Noria ne perd pas une miette des bruits qui circulent, mais se tient à l'écart, le plus discrètement possible. La présence des RG est légitime, mais il est tout à fait inutile de la mettre en scène. Thomas, journaliste dans un grand quotidien du matin, spécialiste des questions policières, navigue de l'un à l'autre. Partout circule la même histoire. « Oui, nous en savons plus que ce qu'a dit le préfet, oui, deux dealers ont été arrêtés cette nuit autour du squat en feu, oui, ils ont décrit le trafic dans tout le rez-de-chaussée de l'immeuble, une bagarre entre dealers, un réchaud renversé dans la cage de l'escalier… » De quoi faire des articles colorés. C'est du vécu coco !

Le Muir repère Pasquini qui navigue entre les groupes. Elle attend quelques minutes, prend son temps pour enfiler son manteau, fouille dans son porte-documents, puis lui fait signe discrètement. Elle prend soin d'éviter les journalistes, et ils se retrouvent à la sortie.

— Tout fonctionne comme prévu.

— Très bien, laissons-les entre eux, ne nous attardons pas. Rentrons au commissariat.

Noria suit l'échange de loin. Ainsi, c'est lui, Pasquini. Et la complicité entre Le Muir et lui est forte, palpable. C'est à peu près tout ce qu'elle peut encore grappiller ici. Donc, aucune raison de s'attarder. Direction le gymnase de Panteuil pour en apprendre un peu plus.

Indescriptible cohue autour du gymnase, dont toutes les entrées sont très strictement contrôlées par les CRS. Des proches des habitants du squat cherchent des nouvelles. Qui est vivant ? Qui est mort, blessé ? Aucune liste n'est encore établie et, en dehors des services municipaux et médicaux, personne ne peut entrer ni sortir du gymnase. Des militants d'associations de soutien se regroupent, au milieu des camionnettes de livraison de matériels divers, indispensables pour la vie quotidienne dans le gymnase, et des ambulances qui font la navette avec l'hôpital le plus proche. Hurlements, klaxons, injures, l'atmosphère est tendue à l'extrême, mais les CRS sont inflexibles.

Noria se faufile jusqu'à une entrée, montre sa carte des RG et entre sans encombre. À l'intérieur, elle est d'abord submergée par un vacarme presque insoutenable. Sur des tapis de sol étendus sur toute la surface centrale du gymnase, des femmes et des enfants, en groupes, ou seuls, pleurent, se lamentent, psalmodient des prières, s'interpellent, hurlent avant de tomber dans un silence catatonique. Dans les tribunes, les employés municipaux installent des cantines de fortune, dans un coin, sous une bâche, quelques blouses blanches soignent les blessés légers et distribuent des calmants en quantité industrielle. Un patient appelle au secours à intervalles réguliers. Assis derrière une table d'école, trois policiers du commissariat de Panteuil tentent de dresser une liste des réfugiés, et sont pris d'assaut par un groupe de femmes qui oscillent entre lamentations et invectives. Tous ces bruits montent sous la voûte du gymnase, s'y répercutent et se font écho, indéfiniment. L'air est chargé d'une odeur de brûlé et de cendres.

— Où sont les hommes ? demande Noria à un employé municipal qui la bouscule, les bras chargés de piles d'assiettes en carton.

— À la prière, dans les vestiaires.

Noria s'approche, distingue le bourdonnement des voix qui psalmodient en chœur, attend. La prière finie, les hommes sortent lentement, ils jettent sur elle un regard douloureux, blasé, méprisant. Elle attend encore. Le vieux Traoré est le dernier à sortir. Il avance très lentement, courbé, soutenu par deux jeunes gens. Il s'arrête devant Noria, la regarde sans un mot. Tant de choses dans ce regard. Culpabilité, impossible d'y échapper. Secoue-toi, tu es là pour faire ton métier, pas le moment de flancher. Elle s'incline devant lui.

— Monsieur Traoré, je suis venue vous dire ma peine profonde pour ce qui vient de se passer, je salue vos morts. Traoré, figé, cligne des yeux. Je ferai tout ce qui est en mon pouvoir pour savoir ce qui s'est passé, arrêter les incendiaires et rendre justice à vos morts. Traoré continue à se taire. Si ce sont les vendeurs de drogue du terrain vague qui ont pénétré dans votre maison pour mettre le feu, nous les arrêterons.

Traoré se redresse imperceptiblement, les traits pincés, il tremble de rage.

— Jamais les vendeurs de drogue n'ont pénétré dans la maison des miens, jamais. Je suis le chef, jamais je ne les ai laissés entrer.

Le regard se fait maintenant méprisant et Traoré reprend sa marche. Noria le voit s'éloigner. Elle pense qu'elle a perdu un allié, presque un ami, elle ne peut rien y faire.

Un des garçons qui accompagnent Traoré lui touche le bras.

— Viens, suis-moi.

Il l'entraîne dans une traversée hasardeuse du gymnase, ils contournent des blocs de femmes, d'hommes et d'enfants agglutinés dans leur malheur et s'arrêtent au pied des tribunes devant une jeune femme seule, accroupie sur le sol, qui se balance d'avant en arrière sur un rythme régulier, les yeux révulsés, blancs, à demi fermés. Le jeune homme se penche vers elle, lui dit quelques mots à voix très basse. Sans interrompre son balancement, les yeux toujours révulsés, elle gémit, d'une voix très rauque :

— J'ai vu, j'ai vu le monstre. Je fumais la pipe dans les buissons, le long du mur de la maison. J'ai vu un grand ver blanc luisant sortir de terre, sous la maison. Il rampait, j'ai eu peur qu'il me mange. Le feu a pris. Le monstre a mis le feu. Il nous a tués.

Elle se tait. Noria pense qu'il ne devait pas y avoir que de l'herbe dans la pipe de la jeune femme. Elle salue et s'en va.

*

À la préfecture, après le départ de Le Muir, le pot se prolonge dans une ambiance de plus en plus chaleureuse. Thomas reste sceptique. Il continue donc à tourner, verre en main, jusqu'à ce qu'il trouve Michel Sabord, un syndicaliste qu'il connaît bien. Il l'entraîne à l'écart.

— Tu confirmes ?

— Tout à fait. Sauf le réchaud, ça franchement... On n'en sait rien pour le moment, et moi, je parierais plutôt sur un incendie volontaire dans le cadre d'un règlement de comptes en bonne et due forme.

— Tu ne trouves pas que cette arrestation de deux dealers au moment même de l'incendie tient un peu trop du miracle ?

— Toujours sur tes gardes, hein ? Bravo. — Il l'entraîne vers la porte-fenêtre qui donne sur la cour. — Accompagne-moi, je vais m'en griller une.

Dès qu'ils sont seuls, il reprend :

— Tu sais que l'essentiel de la cocaïne colombienne qui arrive en Europe passe maintenant par l'Afrique. Et même, plus précisément, l'Afrique de l'Ouest, largement francophone. Les gangs africains ont leurs prolongements sur le territoire français et les guerres entre gangs aussi. Depuis plusieurs semaines, nos services avaient eu des tuyaux. Ce squat était une plaque tournante que le commissariat du coin avait sous surveillance, en collaboration avec les Stups. Mais tu comprends, nous ne pouvons pas en parler, ce n'est qu'un pion dans une opération plus vaste que mènent les Stups. Malheureusement, tout le monde a été pris au dépourvu par le déclenchement de l'incendie, nous ne nous attendions pas à un règlement de comptes de cette importance, et nous sommes intervenus trop tard. Les deux gars qui ont été arrêtés ne sont que des seconds couteaux, ils étaient suivis depuis une grande semaine. Je compte sur ta discrétion, comme d'habitude.

La voiture 7 de la BAC de Panteuil roule vers le parking de la périphérie de Paris. Les pensées d'Ivan tournent à vide. Il sait la rencontre avec Balou inévitable, et il est incapable d'anticiper. Il se sent profondément impuissant. Alors, simplement, il roule le plus lentement possible. Et il se répète, pour se donner du courage : tenir, tenir jusqu'au 7 septembre et, le 8, il n'est plus là. Se répéter que chaque minute qui passe le rapproche du but. À côté de lui, obstinément silencieux, Paturel a le regard braqué sur les entrepôts qui défilent au ralenti. Il l'attendait ce moment, depuis l'opération foireuse sur la dalle de Panteuil et sa blessure, des jours et des nuits à y penser, à en rêver. Bientôt. Il voit chacune des filles, imagine des gestes, des sensations. Il bande et se concentre sur son désir.

La voiture s'engage sur la rampe d'accès au parking. Trois brefs coups de klaxon, les bonnes vieilles habitudes, le veilleur de nuit lève la barrière, Ivan note son sourire en coin. La voiture franchit le poste de garde, tourne à gauche, pénètre dans le hall du rez-de-chaussée. Lumière des néons, alignement des voitures, l'endroit est désert et sinistre, le bruit du moteur résonne dans un vide inhabité. Paturel pousse un rugissement. Seule présence humaine, là-bas, au fond, la silhouette du travelo que Marty avait déshabillé lors de leur dernier passage, il y a une éternité. Elle est assise sur le capot d'un gros 4X4 et fume un cigarillo avec une décontraction provocante. Le naufrage a un témoin.

Paturel touche le bras d'Ivan.

— Arrête-toi.

Il jaillit de la voiture comme un furieux, fonce vers le travelo.

— Où sont les filles ?

L'autre le regarde, secoue la cendre de son cigarillo.

— C'est à moi que tu demandes ça ? Je suis pas leur mac.

Paturel l'attrape aux épaules, le secoue à lui casser le cou.

— Réponds. Où sont les filles ?

— Leurs macs les ont déménagées, le lieu n'est plus considéré comme sûr.

Sous l'effet de la surprise, Paturel lâche le travelo.

— Pas sûr ? Mais pourquoi ?

L'autre rit.

— Tu devrais bien t'en douter, quand même. Le bruit court que c'est vous, les keufs, qui avez mis le feu au squat et qu'il va y avoir une guerre des polices sur le territoire de Panteuil. Les macs veulent pas être pris dans vos embrouilles et payer les pots cassés.

Paturel sent la frustration lui remonter du bas-ventre jusqu'à bloquer sa respiration. Il rugit de nouveau. Et cette gueule de pédé qui rigole. Il saisit le travelo par le torse, le soulève et lui cogne la tête à toute volée sur le capot. Une fois, deux fois, le bruit du choc sur la tôle résonne dans le hall. Marty et Ivan se précipitent, s'interposent. Paturel, hagard, lâche le travelo, qui tombe au sol, inconscient, le visage en sang. Marty pousse Paturel.

— Allez, on rembarque, on s'en va. Dépêchons.

Au volant, Ivan jubile en silence. Pas de Balou ce soir. Petite victoire. Tenir jusqu'au 7 septembre. Ça se rapproche.

Quand ils repassent la barrière d'entrée, le gardien de nuit, hilare, les salue d'un ample geste d'adieu.

Le car de PS roule dans la rue du garage Vertu, quand le brigadier Dumézil reçoit un appel du poste de garde.

— Dans la cité des Musiciens, immeuble Gounod, escalier B, 4ᵉ étage, chez les Stokovicz, les voisins signalent une querelle de ménage très violente qui, d'après eux, risque de mal tourner.

— On prend, on n'est pas loin.

— Bon, vous vous rapprochez, mais vous n'entrez pas dans la cité. Les ordres sont formels, Dumézil, fais pas le con. On n'entre dans la cité qu'à deux équipages, minimum. Je t'envoie la BAC, ils devraient être dans le coin.

Le car de PS roule au ralenti pour rejoindre le pont, traverse le canal, s'arrête sur l'avenue qui longe la cité des Musiciens. Aucune nouvelle de la voiture 7 de la BAC, impossible à joindre, d'après le poste de garde. Et, au niveau départemental, les volontaires pour intervenir dans les querelles de famille des habitants d'une cité sont rares. Il y a bien d'autres tâches, plus gratifiantes.

Et l'équipage attend, de plus en plus tendu, de plus en plus silencieux. Doche voit resurgir du fond de l'enfance le visage ensanglanté d'une voisine tabassée par son homme qui venait se réfugier chez eux entre deux roustes, sa mère qui le chassait vers la cuisine, « ne reste pas à traîner dans mes jambes, il n'y a rien à voir, ce sont des choses qui arrivent, elle s'en remettra ». Elle a fini par en mourir. Isabelle, assise sur le banc du car, tout contre lui, sa hanche contre la sienne, est perdue dans ses pensées, elle aussi. Doche imagine que ce sont les mêmes et ça le réconforte.

Dans le parking, Noria s'extrait de la berline dans laquelle, à demi couchée, elle a assisté à toute la scène. Elle savait que Paturel et son équipe reprenaient leurs tournées cette nuit, elle était certaine que le parking serait leur première destination. Elle y était venue faute de mieux, pour rester au contact des flics de Panteuil. Et pour peaufiner son dossier sur les flics proxos, combler les vides. Certes, ce dossier ne permettra pas à lui seul d'abattre Le Muir, Macquart a raison, mais une bonne histoire de proxénétisme policier, bien ficelée alimentera le scandale, le moment venu. En prenant sa planque, surprise par l'absence des filles, elle avait hésité à repartir. Bien fait de rester, finalement. Peut-être rien sur l'incendie, mais j'ai des photos de cet abruti en action et, si je m'y prends correctement, un témoin en or massif.

Elle s'approche du travelo, qui semble inanimé, s'accroupit, dégage son visage masqué par d'épaisses mèches blondes. Un vrai chantier. La perruque blonde a glissé, dégageant les cheveux noirs, courts, poissés de sang. Tout le visage a un aspect violemment dissymétrique, le nez tordu, une pommette enfoncée. Et le sang qui continue à couler d'abondance d'une entaille en haut du front masque les yeux, délaie les fards en longues traînées noires, bleues, roses sur les joues. Noria, entre pitié et dégoût, prend un mouchoir, essuie les yeux avec précaution. Le travelo ne bouge pas. Quand elle a fini, il ouvre les paupières, la regarde fixement et lui dit très bas, en arabe :

112

— Merci, ma sœur, que Dieu te bénisse.

Noria se redresse, secouée. Depuis combien de temps personne ne s'est adressé à elle en arabe ? Depuis longtemps, depuis qu'elle s'est enfuie de chez ses parents, une nuit, il y a… près de vingt-cinq ans. Et comment ce travelo a-t-il pu savoir ? Est-ce inscrit de façon indélébile sur son visage, sur son corps, qu'elle est arabe ? Elle-même s'en souvient-elle encore, après toutes ces années aux RG où, finalement, tout le monde l'a oublié ? Arabe, cela a-t-il même un sens pour elle ? Sans doute, puisqu'une simple phrase dans cette langue la perturbe aussi profondément. Elle lui répond en français :

— Vous pouvez bouger ?

Il se redresse, s'assied, le dos appuyé à la roue du 4X4.

— Très bien. Prenez ça pour comprimer votre blessure au front. Je vais chercher ma voiture et je vous emmène à l'hôpital.

— Pas la peine. Je déteste les hôpitaux. Je ne veux pas y mettre les pieds.

— Peu importe vos états d'âme. Il faut y aller. Il faut recoudre le cuir chevelu. Vous avez sans doute une fracture du nez. Peut-être une pommette enfoncée. Il faut réparer tout ça. Je vous accompagnerai et je vous tiendrai la main, comme une sœur, puisque c'est apparemment comme cela que vous me voyez. Et puis, nous causerons.

Au bout d'une demi-heure, les renforts, un car de PS d'une commune voisine, arrivent pour épauler l'intervention dans la cité des Musiciens, et les deux véhicules, en convoi, s'engagent dans la cité, trouvent l'immeuble Gounod, se garent devant l'escalier B. Les abords sont étonnamment tranquilles. Trois hommes restent pour surveiller les deux voitures, les sept autres se dirigent vers le hall de l'immeuble. Avant d'entrer, Dumézil se retourne vers son équipe.

— Ce silence, personne dans les allées, pas de curieux, pas d'injures, pas de caillasses, ça doit être très grave, soyez très, très prudents.

Puis il pénètre dans le bâtiment, suivi par Isabelle, Doche et les autres, direction l'escalier. Quand ils arrivent au premier étage, ils entendent, plus haut, une bousculade, une voix enfantine qui hurle dans les aigus, un bruit de chute. Toutes les portes des appartements sont closes et, derrière, il règne un silence inhabituel. Les policiers grimpent les marches en courant. Sur le palier du troisième, un homme râblé, épais, les cheveux très noirs, est penché sur le corps ensanglanté d'une gamine qui rampe et se tord avec une incroyable énergie pour lui échapper. Il tient un couteau de cuisine dans la main droite et cherche à l'immobiliser de la gauche pour pouvoir la crever d'un coup, mais il ne parvient pas à assurer sa prise, sa main dérape dans le sang. Dumézil se jette sur lui, bloque le bras armé, Isabelle couvre la gamine de son corps, Doche attrape la brute par les jambes et la fait tomber. L'homme a beau hurler et se débattre, il est rapidement maîtrisé par les cinq ou six flics qui sont arrivés sur le palier, menotté, conduit dans le car de PS, sous bonne garde, où il se calme très rapidement, puis s'effondre, prostré en position fœtale sur le plancher.

Dumézil appelle le Samu, les ambulances. Isabelle repère trois blessures sur le corps de la fillette, dont aucune ne semble avoir touché d'organes vitaux, mais elle saigne beaucoup, immobile, les yeux clos. Isabelle déchire ses vêtements, commence à poser des garrots de fortune.

— Tu t'en tires très bien. Reste avec la gamine, nous on continue, on monte là-haut. Ça risque de pas être beau à voir.

La gamine commence à gémir, sans pouvoir dire autre chose que : « Maman, maman. »

Traces de sang dans l'escalier, traces de sang sur le palier, jusqu'à la porte ouverte de l'appartement, pauvrement meublé, mais très propre, très ordonné, toutes les lumières sont allumées, les traces de sang conduisent jusqu'à une porte fermée, Dumézil l'ouvre, la chambre des enfants apparemment, complètement bouleversée, les lits saccagés, oreillers éventrés, draps déchirés, les jouets massacrés et, dans un coin, tassé contre les deux murs, le corps d'une femme recroquevillé, une mare de sang sur le lino, des projections sur les murs, plusieurs plaies ouvertes dans le dos. Dumézil se penche. Blotti dans les bras de la femme, à l'abri de son corps, un petit enfant, deux ans peut-être, yeux bleus écarquillés, bouche ouverte, le regarde. Les policiers s'activent. La mère est morte. Doche dégage un bras, puis l'autre, pour libérer l'enfant, couvert de sang, que Dumézil saisit. Examen rapide. Il ne semble pas blessé. Muet, comme foudroyé, mais pas blessé. Il l'enveloppe dans une serviette-éponge. Le cadavre de la mère glisse lentement dans la mare de sang. Son visage est maintenant en pleine lumière. Doche a un hoquet et s'assied sur ce qui reste d'un lit d'enfant, les mains tremblantes, un long gémissement.

— Mme Stokovicz…

— Qu'est-ce qui se passe ?

— Cette femme, je la connais. Elle est venue au bureau des pleurs, elle voulait porter plainte contre son mari. Elle disait qu'il s'en prenait aux enfants…

— Et ?

— Et rien. Gros Robert a refusé d'enregistrer sa plainte parce que c'était la deuxième femme battue de la journée. Il lui a dit que ça allait s'arranger. C'est un cauchemar.

Dumézil regarde attentivement le visage ravagé de Doche. Un jeune, sympathique, le ménager, l'aider.

— Secoue-toi. De toute façon, sa plainte n'aurait servi à rien. Tu crois que ça aurait suffi à empêcher la brute de la massacrer ? Si c'était aussi simple... Tiens, occupe-toi du gamin. Les ambulances, les médecins, doivent être arrivés en bas. Nous, nous restons ici avec la morte, jusqu'à l'arrivée des techniciens.

La voiture 7 de la BAC patrouille dans les rues de Panteuil. Ivan, soulagé d'avoir évité Balou, presque heureux d'avoir simplement gagné du temps, conduit en pilote automatique et compte mentalement les heures qui le séparent de la délivrance. Paturel ne parvient pas à digérer sa frustration qui le fait souffrir physiquement : tension des muscles, crispation du ventre. Il a le regard vide, errant. Marty, à moitié allongé sur la banquette arrière, se cure les ongles. La nuit passe très lentement. Au petit matin, la voiture traverse une grande place, déserte à cette heure. Pas tout à fait déserte. Au centre, un abribus faiblement éclairé et deux silhouettes qui attendent. La voiture passe devant elles, puis s'engage dans une rue étroite. Soudain, Paturel semble se réveiller, saisit le bras d'Ivan.

— Arrête-toi. — Il se retourne, regarde par la lunette arrière. — Un des deux crouilles, là, à l'abribus, je le connais, c'est lui qui m'a semé au terrain vague, le soir de l'incendie. Ce sont des dealers.

116

Marty se redresse sur la banquette arrière.

— Comment tu peux en être sûr ?

— J'en suis sûr, je te dis. Le survêtement noir, un crouille avec un visage maigre et long, avec un grand nez, c'est lui.

— T'as pas pu le voir, tu courais derrière lui, et il avait une capuche.

— Je l'ai vu. Et c'est pas tout. Il nous a reconnus, lui aussi. Quand on est passés, ils ont mis leurs mains dans leurs poches. Les mains dans les poches, ça veut dire les mains sur leurs armes, au cas où, donc individus dangereux. Ce sont des méchants. On y retourne, on fait un gros coup, et on sauve notre nuit.

Ivan amorce un demi-tour, mais Marty n'est toujours pas chaud et le dit. Paturel tranche :

— Écoute, Smarty, c'est encore moi le chef de cette équipe. Ivan, tu te démerdes pour arriver à l'abribus par-derrière, le plus discrètement possible. Je prends le survêt noir, j'ai un compte à régler. Marty fait un geste de la main. Sois tranquille, c'est façon de parler. Vous deux, vous prenez l'autre. Pas de bêtises. On commence par faire comme si c'était un contrôle d'identité tranquille, mais on ne perd pas de vue qu'ils sont probablement armés. Ensuite, on les fouille et, au moindre prétexte, on les ramène au poste. Des dealers, en ce moment, c'est à la mode.

Ivan conduit rapidement, à travers tout un réseau de ruelles, traverse la place sur la lancée, moteur débrayé pour être discret, abandonne la voiture sur la chaussée, à cinq mètres de l'abribus. Les trois flics sautent en même temps de la voiture, contournent l'abribus par les deux côtés, surprennent les deux jeunes debout, le long du trottoir, en train de discuter assez vivement d'une histoire de sono empruntée

117

dont la propriété ne serait pas très clairement définie, d'après les deux bribes de phrases qu'Ivan a le temps de saisir au vol. L'effet de surprise est total.

— Papiers, demande Marty au gars en blue-jeans, contrôle d'identité.

Ivan, un peu en retrait, pose la main sur l'étui de son pistolet, très vigilant. Cette histoire d'armes, on sait jamais. Le jeune semble excédé, mais pas vraiment inquiet. Il sort ses mains des poches de son blouson — Ivan crispe sa main sur son arme —, puis cherche son portefeuille dans la poche arrière de son jeans et sort ses papiers. Marty fait mine de les contrôler. L'individu est jeune, à peine dix-neuf ans, et réside à La Vieille-Cour, à l'autre bout du département. Sa présence, ici et à cette heure, peut donc être considérée comme suspecte, annonce Marty. Ivan fouille le jeune plaqué contre une paroi de l'abribus, bras et jambes écartés, il prend son temps et annonce :

— Rien. Ni armes ni drogues.

De ce côté de l'abribus, la tension baisse.

De l'autre côté, Paturel attaque d'abord en souplesse.

— Papiers, contrôle d'identité.

Le survêtement noir râle à voix basse, « Rien d'autre à foutre, connards », sort sa carte d'identité nationale et Paturel croit déceler l'ombre d'un sourire provocant. Un sourire qui lui rappelle un souvenir cuisant. Il retourne la carte dans tous les sens.

— Belkacem Ahmed. Et ça se prétend français, en plus.

Il jette la carte sous ce qui fut autrefois, avant déprédations, le banc de l'abribus, et dont il ne reste que des armatures en fer.

— Tiens, ramasse-la, ta carte d'envahisseur.

Le survêtement noir se penche, ramasse sa carte et grince à voix très basse :

— Arrache ta race, bâtard.

Quand il se redresse, Paturel l'attrape par le bras, avec violence, pour le plaquer sur l'abribus et le fouiller. Le jeune, surpris, réagit à l'instinct en se dégageant par une parade de judo qui déstabilise Paturel, de nouveau submergé par l'image de la silhouette noire, le soir de l'incendie, le sourire humiliant, le coup à la tempe et lui qui tombe à genoux. Aveuglé de rage, il balaie les jambes du jeune qui s'effondre et il lui décoche une rafale de coups de pied dans le thorax, hors de tout contrôle. Ah ! tu ne souris plus, ordure... Un hurlement :

— Arrêtez, bande d'assassins.

L'autre jeune interpellé se précipite vers son copain. Ivan, nerveux, le ceinture et lui passe les menottes, pendant que Marty, avec un temps de retard, bloque enfin Paturel qui continue à bourrer de coups de pied le jeune à terre. Marty fouille rapidement le corps inerte.

— Rien non plus, ni armes ni drogues, nous sommes tombés sur deux petits saints. C'est bien notre chance...

Paturel redescend sur terre. Il regarde le jeune homme allongé au sol qui maintenant se tord de douleur et commence à vomir sur le trottoir. Plus si sûr que ça de l'avoir vu le soir de l'incendie, même s'il ne l'avouera jamais. Malaise. Fichue soirée.

— Qu'est-ce qu'on fait maintenant, King ?

— On les embarque.

Le survêtement noir cherche à se relever en gémissant, pendant que l'autre proteste de façon véhémente.

— Ça va pas, non ? Bande de tarés. Vous pouvez pas. On n'a rien fait, on attend le bus de nuit. On veut rentrer chez nous. Ça vous suffit pas d'avoir frappé mon copain ?

Une bourrade le fait taire.

— Pour ton copain, ce sera outrage et rébellion. Pour toi, outrage simple et, si tu continues, on ajoute la rébellion. Ferme ta gueule. On verra ça au poste.

Ivan pousse son client menotté vers la voiture, pendant que Marty et Paturel redressent le blessé et le traînent jusqu'au véhicule. Marty râle à voix basse.

— Tu fais chier, King. Vraiment. Je sais pas ce qui t'arrive depuis que tu es rentré d'arrêt, mais faut te calmer.

Dans la voiture, le blessé, toujours très envapé, est allongé sur le plancher arrière, l'autre coincé dans un coin. Paturel a posé ses pieds sur le torse du survêtement noir.

— Allez, roule, chauffeur.

Ils font quelques centaines de mètres en silence, puis Paturel, de nouveau, sur un ton préoccupé :

— Dis donc, Smarty, qu'est-ce qu'il voulait dire à ton avis le travelo quand il parlait de guerre des polices à Panteuil ?

L'équipe de PS rentre au commissariat, après avoir passé le relais à la police judiciaire. Dumézil rédige son rapport au poste de garde. Son équipage est descendu en salle de repos se laver, se changer, boire un café. Personne ne parle. Les images de la nuit reviennent en boucle, le père, couteau levé, acharné sur sa gamine, la mère couvrant son petit de son corps, plus de dix coups de couteau dans le dos. Chacun sait qu'il va devoir cohabiter avec ces images pendant longtemps et que ce ne sera pas facile.

Doche est assis dans un coin, seul. Il a du mal à respirer. Coupable. On aurait pu empêcher cette horreur… On aurait pu arriver plus vite… Il est prostré, la tête dans ses mains, ses nerfs lâchent, il pleure, la morve au nez. Isabelle lui apporte un café brûlant, un mouchoir, s'assied à côté de lui, pose son bras sur son épaule, caresse sa nuque aux cheveux ras. Une main apaisante. Elle lui parle à voix très basse, lui dit que personne n'aurait pu arrêter cette brute, qu'un jour ou l'autre il aurait tué sa femme. Cette nuit, ils ont sauvé la vie de la gamine, ce n'est pas rien. Doche ne comprend pas ses paroles, mais le son de sa voix, le contact de sa main le réconfortent.

La BAC débarque au poste de garde avec ses deux prisonniers, l'un sur ses jambes, l'autre porté, traîné par Marty et Ivan. Paturel semble assez content de lui. « Deux outrages, les Bacmen vont encore faire les statistiques du commissariat. Heureusement qu'on est là, bande de faignants… » Jusqu'au moment où le chef de poste, penché sur le blessé, affalé contre un mur et qui a recommencé à dégueuler, lui dit :

— King, tu l'as vu, ton gars ? Il est plutôt mal en point. Se tournant vers le radio assis derrière le bureau : Appelle l'étage des chefs et une ambulance, tout de suite, qu'on l'emmène à l'hôpital, le plus vite possible.

Dumézil a fini son rapport. Il le pose sur le bureau du chef de poste et se tourne vers Paturel.

— Où t'étais cette nuit, quand on avait besoin de toi pour éponger le sang à la cité des Musiciens ? Encore chez tes filles, branleur de mes deux ?

Il sort en claquant la porte. Paturel reste figé. Si une bille comme Dumézil est au courant pour les filles, ça veut dire

121

que tout le commissariat le sait. Une guerre des polices, disait le travelo... Ça sent le roussi ?

*

Pasquini attend la commissaire en bas de chez elle, dans la berline de service. Il la voit arriver dans sa tenue stricte, tailleur gris, chignon tiré, le visage fermé. Elle balance agressivement son porte-documents au bout de son bras, au rythme de son pas quasi militaire. Pasquini vient lui ouvrir la portière côté passager. Elle s'assied sans un regard, sans un salut. La tête des mauvais jours, pense Pasquini qui se glisse derrière son volant. Inutile de mettre de la musique, la commissaire n'en écoute jamais le matin. Dans l'après-midi, ou en fin de journée, pour décompresser, mais pas le matin. Il démarre, conduit sagement en l'observant du coin de l'œil. Si jeune, si seule. Il sent monter une petite bouffée de quelque chose qui ressemble, d'une certaine façon, à de la tendresse.

— La nuit n'a pas été bonne, commissaire ?

Elle se détend un peu, comme si elle attendait l'ouverture, se laisse aller dans le siège.

— La nuit était passable, Pasquini. Passable, notez bien. Pas plus. Mais le réveil... Ce matin, vers cinq heures. Arrestation mouvementée cette nuit par la BAC qui a ramené au poste un blessé grave. Peut-être très grave. Croisons les doigts... Un soi-disant dealer, d'après la BAC, un gars qui réside à La Vieille-Cour. J'ai demandé au capitaine de faire une perquisition au domicile du suspect, en liaison avec le commissariat local, en flagrant délit. Ce qui était déjà hors limites, parce qu'on n'avait rien retrouvé sur eux...

122

— Et alors ?

— À votre avis ? Ça n'a rien donné. Un temps. Un mort, s'il y a un mort, et même seulement un blessé grave, cela veut dire des manifestations. J'ai horreur des manifestations. On ne sait jamais comment elles tournent. Et puis, en ce moment, on a déjà les suites de l'incendie sur les bras…

— La Vieille-Cour est loin de Panteuil. Chacun ses problèmes.

— Cynique. Petit sourire. Ce ne sera certainement pas aussi simple de s'en débarrasser. Et puis un mort, ou un blessé grave, c'est une enquête de l'IGS. Nous aurions deux enquêtes de l'IGS sur le dos.

— Cela vous fait peur ?

— Peur… Pas exactement, non. On sait bien comment elles se terminent dans ces cas-là. Mais au moment où nous avançons sur l'essentiel, le contrôle de l'immigration, le nettoyage des zones de non-droit à Panteuil, j'aimerais bien ne pas être bloquée par des conneries. Un temps. À la vérité, je me demande si je contrôle bien tout ce qui se passe dans mon commissariat, et ça me préoccupe.

Pasquini a un rire bref.

— Sûrement pas, commissaire. Mais vos supérieurs ne contrôlent pas non plus tout ce que vous faites. Je me trompe ?

Sourire.

— Peut-être pas, Pasquini. Même si ce n'est pas tout à fait de même nature.

— Vous voyez… Et puis vous dirigez un commissariat de banlieue, pas un couvent de bonnes sœurs. Il faut faire avec. On s'arrête prendre un café avant que vous ne plongiez dans le bourbier ?

— Excellente idée.

Le Muir jette un regard circulaire, ils sont aux alentours de la gare du Nord.

— Arrêtez-vous là. Nous allons le prendre au Terminus Nord, ils ont de bons croissants.

Pasquini se gare sur un trottoir et coince un macaron tricolore sur le tableau de bord, bien en vue. En descendant de voiture, Le Muir lui demande :

— Vous connaissez le dénommé Paturel ?

— Plus ou moins.

— Et vous en pensez quoi ?

— Un bon flic de BAC, non ? Il a des résultats. Bien noté, en tout cas.

*

Bosson entre aux Mariniers, vers dix-huit heures, et salue Tof qui l'attend derrière son comptoir.

— Aujourd'hui, au menu, un confit de canard fait maison et des pommes de terre de mon potager. Je t'ai apporté aussi un pot de graisse d'oie.

Tof prend le sac.

— J'ajoute une petite salade, un bon morceau de cantal, une bouteille de cahors, et on se régale.

Tof passe en cuisine pour donner quelques consignes à son aide et revient dans la salle s'asseoir à la table où Bosson s'est installé, un grand cahier d'écolier à feuilles à carreaux et marges rouges ouvert devant lui.

— Je vois que c'est du sérieux aujourd'hui.

— Organiser une fête, c'est toujours du sérieux. Allez, on s'y met. Donc, le 7 septembre au soir, on retient ta salle et on vient fêter chez toi l'issue du procès dans lequel Djindjic est partie civile.

— Vous êtes sûrs du résultat ?

— Absolument. Il n'y a que lui qui se fait du souci. Je ne sais pas bien pourquoi. Un pas causant, Ivan. À ce qui se dit, au procès, il va ramasser une belle somme. Et la date tombe bien, on en profite pour lancer le tournoi de pétanque qui commence la semaine suivante, et former les premières équipes. Le jugement sera rendu à seize heures à Bobigny. À quelle heure on peut débarquer ici ?

— À dix-huit heures, tout sera prêt, et les Mariniers seront à vous.

— Le tribunal sera un peu en retard, comme d'habitude, le temps qu'on revienne, ça colle.

— On compte combien de personnes ?

— Une cinquantaine. Il faut prévoir à boire, mais à manger aussi, pour éponger, si on veut éviter les problèmes.

— Pour la nourriture, ne te fais pas de souci, l'Association de soutien à la police de Panteuil s'en charge. Le charcutier m'a promis des plateaux, le fromager pareil. Le « fruits et légumes » fait trois belles corbeilles.

— J'ai croisé la boulangère, elle m'a parlé de tartes aux prunes.

— Tu vois, pas de souci.

— Passons aux boissons.

— Tu veux quoi ?

— Surtout pastis et whisky.

— Pastis : Ricard pour Robert.

— D'accord. Sourire. Là-dessus, je suis pas sectaire. Prévoir une bouteille de chaque par personne, pour voir large. Quelques bouteilles de vin, un peu plus de bière. Et puis des jus de fruits, il y a aussi des administratives qui vont venir, du moins au début. La Muraille devrait passer, mais je n'y compte pas trop. La fête, c'est pas son genre.

— Je te propose de faire la commande pour vous. Je vous les fais au prix de livraison, et je reprends les bouteilles non consommées, s'il y en a. Ça te va ?

— Parfait. Je te paie la moitié d'avance, sur la cagnotte du commissariat. Et Djindjic paiera le solde sur ses indemnités. Il nous doit bien ça.

Tof se lève.

— Tout roule. Allez, à table. À l'odeur, le confit-pommes sarladaises est prêt.

Bosson ramasse son cahier. Les deux hommes se rendent dans l'arrière-cuisine où leur couvert est mis, le plat servi. Tof, redevenu taciturne maintenant que les questions matérielles sont réglées, mange en silence. Bosson le surveille du coin de l'œil. Il repère les lèvres qui avancent, le buste penché, le corps tendu vers la nourriture, les mouvements de mâchoires énergiques, les petites pauses pour mieux savourer l'harmonie des goûts, tous les signes d'une satisfaction profonde. Un jouisseur, ce Tof. C'est le moment.

— Un bruit court dans certaines zones de Panteuil, pas tellement plaisant pour nous. T'es au courant ?

Tof le regarde par-dessus son assiette, sans arrêter de manger. L'innocence même. Bosson continue :

— Nous, les flics, nous aurions mis le feu nous-mêmes au squat. Toujours aucune réaction. Je vais être plus direct, espèce d'emmerdeur. Je vois bien ce que tes amis cherchent en jouant avec ça, mais ils prennent un très gros risque. Tu sais que l'IGS est dans le coin. Si ces bruits leur remontent aux oreilles, il y aura une enquête plus approfondie sur

126

l'incendie. Normal. Et alors, certains seront amenés à dire ce qu'ils savent, comme par exemple que le propriétaire du garage Vertu, qui n'a pas très bonne réputation, a racheté depuis deux ans, sous des couvertures diverses, tous les immeubles qui entourent le terrain vague. Et qui trouve-t-on derrière le garage Vertu ? Les frères Lepage, c'est de notoriété publique. Tu vois les ravages que peuvent faire des rumeurs inconsidérées ?

Tof se renverse dans sa chaise, mâchonne sa dernière bouchée, puis ramasse les assiettes, les plats et disparaît en cuisine. Il revient avec un magnifique clafoutis aux cerises et un bon sourire.

— Je te rends la politesse. Les griottes ont été cueillies dans le jardin de mes parents et mises en conserve par ma femme. Tu vas te régaler.

— Au fait, j'ai oublié de te remercier pour ton conseil d'ami, quelques heures avant l'incendie. J'ai envoyé ma BAC au terrain vague, et ils ont fait bonne chasse cette nuit-là. Si c'est le hasard, il fait bien les choses, mais je n'y crois pas trop, au hasard.

Tof accentue son sourire. Il adore ces échanges avec Bosson. Bien sûr, il est bavard, mais il ne parle jamais pour ne rien dire.

— Tu sais, les bruits, ça va, ça vient. Vous ne devriez pas vous en faire. Je suis sûr que ceux-là vont se calmer.

Tof fait les cafés, sort l'armagnac, revient à la table.

— Si t'as autre chose à me dire, comme je le pense, c'est le moment. Après, ce sera le coup de feu, je serai en salle.

— Il faut en finir avec ces histoires d'IGS qui sont malsaines pour tout le monde. Nous avons une sale affaire sur les bras, Tof. Ma BAC a arrêté, il y a trois nuits, deux jeunes qu'ils avaient repérés au terrain vague, la nuit de l'incendie. Belkacem Ahmed et Krim Mouloud. Krim s'est laissé arrêter sans problème, tout va bien pour lui, mais Belkacem s'est battu avec Paturel, qui n'est pas un tendre et qui l'a méchamment secoué. Hier, sa famille portait plainte et, aujourd'hui, on vient de m'apprendre qu'il était mort.

— J'ai entendu parler de ça, oui.

— Ce sont deux copains et ils habitent à La Vieille-Cour. On a fait une perquisition chez eux, tout de suite après l'interpellation, et on n'a rien trouvé. Ce qui nous met dans une position très difficile. Sans compter les manifs qui ont commencé à se développer. Pour le moment, les parents appellent au calme, mais rien ne dit qu'ils seront entendus, et les manifs peuvent virer à la violence. Un temps d'arrêt. Les désordres ne sont jamais bons, ni pour nous les policiers ni pour les affaires. Nous sommes preneurs de toute information qui nous permettrait de lier nos deux bonshommes aux trafics de drogues dans le département, pas forcément à un haut niveau, mais ça calmerait tout le monde.

Bosson s'arrête, contemple Tof qui se balance sur sa chaise, attentif.

— Il faut en finir définitivement avec cette histoire d'incendie, Tof, tourner la page.

*

Noria marche dans les rues du vingtième arrondissement de Paris, vite, très vite, et son pas résonne dans la ville déserte, il est trois heures du matin. Le son de son pas rythme la rage qui l'habite tout entière, jusqu'à la racine des cheveux. Elle vient de récupérer le travelo à sa sortie de l'hôpital, après sa remise en état. Elle l'a longuement écouté raconter son mal-être, ses errances, ses déchirures entre deux cultures, entre deux sexes, en mêlant français et arabe, dans une langue qui l'a prise par surprise et l'a bouleversée. Et cette phrase qu'il répète avec insistance : « Ce sont les flics de Panteuil qui ont mis le feu au squat des Maliens, tout le monde le dit, dans le coin. » Une accusation qui résonne en elle et fait resurgir l'image de Le Muir à la conférence de presse, jubilant en silence. La tueuse. Oui, Le Muir peut avoir fait cela, et tu l'as toujours su. La colère aidant, Noria se découvre convaincue que Le Muir l'a fait. Et toi, pauvre imbécile, tu tournes autour des incendiaires, mais tu n'as rien pu empêcher. Elle étouffe d'impuissance et de honte. Alors elle a mis le travelo à l'abri chez elle, une décision idiote et dangereuse, mais qui lui permet de le garder sous la main, juste le temps qu'il lui faut pour libérer et purger les pulsions violentes qui la submergent. Une sensation oubliée depuis longtemps, depuis cette nuit où elle s'est enfuie de chez ses parents, il y a bien des années de cela, après avoir assommé et brûlé son père en lui lançant à la figure une marmite dans laquelle mijotait un ragoût de mouton. Une sensation primaire et primordiale. Paturel va payer. Elle accélère l'allure, elle court presque. Paturel va payer pour Jantet et ses copains des RG, pour tous les flics racistes, machistes, tabasseurs qu'elle a côtoyés en vingt ans de métier, en encaissant sans rien dire. Paturel va payer pour sa lâcheté à elle, lui, le sous-fifre à la limite du pitoyable, dont elle sait tout, l'adresse, les manies, les plaisirs, les horaires de service, Paturel, le flic bien noté, le modèle pour tout le commissariat de Panteuil et ses flics incendiaires,

Paturel qu'elle revoit dans le parking, les mains sous les jupes, dans les soutiens-gorge des filles, les mains pleines de fric, les mains massacrant le travelo.

Elle arrive devant l'immeuble où habite Paturel. Un immeuble moderne de quatre étages, avec des balcons, dans une rue tranquille. Il avait acheté son appartement au début de son mariage et il n'a pas encore fini de le payer. Quand sa femme est partie, précipitamment, elle lui a tout laissé, le logement et les dettes. Elle n'a pris que les gosses. Il vit maintenant tout seul dans son trois pièces qu'il trouve trop grand pour lui, rempli de solitude, mais il n'a pas l'énergie de déménager. Noria compose le code, entre dans le hall désert, tâtonne un peu pour trouver l'ascenseur, descend au parking, box n° 16 fermé par une porte basculante, très facile à crocheter. Lumière. Elle referme la porte et se trouve face à celle qu'elle est venue voir cette nuit, une superbe moto Guzzi California rouge et noire, pas une trace de graisse, pas une tache de boue, soigneusement entretenue, mais sobre, aucune décoration superflue. Une vraie bécane qui « arrache ». Posé sur l'un des rétroviseurs, un casque rouge et noir, aux couleurs de la moto. Noria imagine Paturel couché sur son engin, prenant son pied comme sur les putes du parking, et ça la motive. Contre le mur du fond, un établi, accrochés au mur, des rangées d'outils, soigneusement alignés. Une chance incroyable. Noria n'a plus qu'à choisir ses armes. Elle enfile des gants et commence par ce qui fait le moins de bruit. Au cutter, elle entaille les pneus, lacère la selle, dans un bruit de soie qui se déchire. Puis elle éclate le phare, les clignotants, les feux arrière, les rétroviseurs à coups de marteau. Pluie d'éclats de verre et de plastique, craquant sous les pieds. Frisson de jouissance. Un cran au-dessus, elle attaque à la masse les pots d'échappement, et en retire un réel soulagement. Et, pour finir, elle perce en trois endroits le réservoir d'essence, à la masse et au poinçon. Elle en prend un coup, ta virilité, pauvre con. L'essence se répand dans le box et empeste l'atmosphère. Il est temps de partir. Elle éteint la lumière, se glisse sous la porte et, dans l'obscurité, à tâtons, quitte le parking par l'escalier, se retrouve sur le trottoir et s'éloigne en marchant vite, au hasard. Des années de refoulement, de frustrations, de compromis, purgées dans cette explosion de violence gratuite et imbécile. Ce retour à l'adolescence lui fait un bien fou. Vers six heures du matin, elle s'arrête dans un petit restaurant chinois de Belleville pour manger une soupe aux raviolis. Elle se sent détendue, presque sereine. Bientôt capable de revoir Macquart pour discuter de stratégie et d'alliances. Le patron du restaurant, qui la connaît bien, vient lui faire un bout de causette. Elle rit de bon cœur aux histoires qu'il lui raconte.

*

Pasquini, au volant de la voiture de la commissaire, Le Muir assise, muette, à ses côtés, pénètre au ralenti dans un ensemble de cinq petits immeubles HLM identiques de quatre étages, en brique et béton, dont le premier porte le n° 107 avenue du Pré-Carré, à La Vieille-Cour. Il gare la voiture sur le parking du bloc 3. C'est là que résident les familles Krim et Belkacem. Le Muir vérifie l'heure d'un geste réflexe : cinq heures quarante. Il fait déjà jour, mais la lumière est encore pleine de nuances, l'air frais et l'endroit désert. Plus loin, deux silhouettes se hâtent vers le premier métro. Pourtant, Le Muir est tendue, elle sait qu'elle est en milieu hostile et qu'elle joue gros. Les deux manifestations qui ont suivi l'arrestation puis la mort de Belkacem sont parties d'ici. Soutien à la famille et mise en cause des pratiques policières. Plus de mille personnes à la deuxième manif et les débordements violents n'ont été évités que de justesse grâce au maire et à ses adjoints qui se sont dépensés sans compter, aux côtés de la famille Belkacem, dépassée par les événements.

Cinq heures cinquante, un car de CRS s'arrête devant le bloc 3, un cordon de sécurité se met en place et isole l'escalier C. On peut encore en sortir, mais plus y entrer. Le Muir remarque un homme à vélo qui s'arrête à quelque distance des CRS et sort son portable de la poche de son blouson. Elle le désigne du doigt à Pasquini.

— Le téléphone arabe est déjà en action.

Six heures précises, cinq voitures de police arrivent en procession, s'arrêtent devant l'escalier C du bloc 3. Des policiers en civil et en uniforme en descendent. En tête, le commissaire Mouton qui dirige le commissariat de La Vieille-Cour. Derrière lui, deux civils, empruntés, incertains, bousculés par les flics.

— Les gardiens des immeubles, commente Le Muir. Mouton tient à les avoir comme témoins, il n'a pas tort.

Il est six heures cinq. Tous les policiers s'engouffrent dans le hall C. Quatre d'entre eux restent en bas, les autres disparaissent dans les escaliers.

Un homme et une femme les croisent. Ils se tiennent l'un à côté de l'autre, inquiets. Ils franchissent le cordon de policiers, puis celui des CRS à l'extérieur sans difficulté. Ils osent alors demander ce qui se passe. Les CRS, muets, leur font signe de circuler, sans ménagements. L'homme et la femme s'éloignent.

Les fenêtres commencent à s'ouvrir, dans l'immeuble 3 et dans celui qui lui fait face. Beaucoup de femmes qui s'interpellent. Puis les premiers petits groupes de jeunes commencent à converger vers le cordon de CRS, tee-shirts flottants sur des pantalons informes, gouailleurs, provocants, mais encore prudents. Ils crient :

— Ils sont chez vous, les keufs ?

— Non, pas chez nous, répondent quelques voix, des fenêtres du bâtiment 3.

— Chez qui ?

— Ils sont montés au quatrième.

Une femme apostrophe les jeunes :

— Rentrez chez vos parents. Vous savez bien que vous êtes en danger quand les keufs sont là.

Puis la danse de la provocation s'esquisse : deux pas en avant, trois pas en arrière, des accélérations, des mimes de lancers, des joutes verbales. Un tout petit gosse d'une dizaine d'années hurle :

— Ta putain de mère à quatre pattes elle suce sa race.

Éclats de rires, le môme gagne le concours, provisoirement.

Le Muir se mord le pouce.

— J'aurais plaisir à leur foutre une raclée à ces jeunes cons. Regardez-moi ces gueules. Et nos hommes, qu'est-ce qu'ils foutent là-haut ? La pause casse-croûte ?

Six heures vingt-cinq, le hall de l'escalier C se remplit de flics, le commissaire Mouton sort le premier, large sourire, il fait un signe de la main, pouce levé, en direction de la voiture de Le Muir, derrière lui, un policier porte un carton volumineux qu'il dépose dans le coffre de la voiture du commissaire Mouton. Pasquini met le moteur en marche, toutes les voitures de police, en file indienne et sirènes en action, partent vers le commissariat de La Vieille-Cour. Les CRS se regroupent en bon ordre, montent dans leur car, disparaissent. À six heures trente-cinq, il n'y a plus un seul policier dans les HLM du 107 avenue du Pré-Carré.

Le Muir baisse d'un cran le dossier de son siège, étend ses jambes, soupire. Cette opération, elle l'a voulue, elle s'est battue pour l'avoir. Si c'est un franc succès, elle saura le faire mousser.

Il y a deux jours, Bosson est venu la trouver, avec un « tuyau » tout frais : Belkacem aurait effectivement participé au deal dans les HLM du 107. Il aurait une cache personnelle dans un débarras, sur le palier du dernier étage de l'escalier C du bâtiment 3, alors que lui-même habitait dans l'escalier B du même bâtiment.

Ils sont tous deux face à face, la commissaire et le brigadier-major, deux univers.

— Un tuyau sûr ?

— Sûr… Haussement d'épaule. Disons sérieux.

Bosson refuse de donner sa source, question de pouvoir, plus, question de principe. Il suggère à Le Muir d'aller jeter un œil sur le trousseau de clés saisi sur Belkacem lors de son arrestation : clé de l'immeuble, clé de l'appartement, clé de la cave, clé d'un parking loué avec des copains pour faire un peu de mécanique, locaux qui ont tous été perquisitionnés en vain, plus deux petites clés type clés de cadenas bon marché, et une autre, nettement plus sérieuse, non identifiée. La clé du débarras ? Le Muir décide qu'il faut aller voir au dernier étage de l'escalier C. Désormais, cette opération est la sienne. Bosson s'efface, avec un demi-sourire.

Reste à convaincre d'abord le commissaire Mouton, très

soucieux d'éviter tout heurt avec les habitants des HLM, remontés à bloc contre toute intervention policière. Puis le procureur Chautemps, maître de l'enquête préliminaire. Celui-là, Le Muir en fait son affaire. Et enfin, la mise au point de cette intervention matinale, rapide, sans déploiement de forces ostentatoire, mais avec cependant suffisamment de couverture pour éviter les accrochages imbéciles.

Au commissariat de La Vieille-Cour, on procède à l'inventaire du contenu du débarras, que le commissaire Mouton a ouvert, devant témoins, avec la clé du trousseau de Belkacem, et vidé dans le carton dont il fait maintenant sauter les scellés et qu'il renverse sur la grande table du poste de garde. Le Muir se penche, moment de tension, le joueur a misé, maintenant il voit.

Quatorze Ipod neufs, dans leurs emballages d'origine, un Blackberry et deux téléphones portables en état de marche. Petit voyou ordinaire. Trois savonnettes de shit, poids total une livre, et vingt-cinq doses de cocaïne en sachet, prêtes à consommer. C'est peu, mais nous nous en contenterons. Trois enveloppes blanches, fermées, contenant chacune six cents euros, en billets usagés de cent. Un carnet de petit format, à spirale, couvert de chiffres, de dates, de noms de lieux. Peut-être du matériel pour la poursuite de l'enquête. Et un survêtement bleu et rose. Des couleurs bien voyantes. Pour pouvoir se changer si jamais il avait été repéré sur le parking ? Peut-être plus pro que je ne l'avais pensé.

Dans la voiture qui la ramène vers Panteuil, Le Muir est maintenant souriante.

— On a gagné, Pasquini. Sûrement pas la guerre, même pas une bataille, mais une escarmouche, une toute petite escarmouche. Ça fait plaisir, non ? — Pasquini continue à conduire en silence. — Et puis nous allons pouvoir nous remettre au travail sur l'essentiel, nettoyer Panteuil.

*

Macquart a un mouvement de recul en entrant dans le tout petit restaurant chinois de Belleville où Noria lui a donné rendez-vous. Un comptoir en façade, largement ouvert vers l'extérieur, des gens qui font la queue pour acheter des plats à emporter, il faut traverser la cuisine pour atteindre trois tables en formica, coincées derrière les fourneaux, invisibles depuis la rue. Noria est déjà assise là, à la seule table occupée, elle boit du thé vert et le regarde s'avancer vers elle. Macquart s'installe en face d'elle.

— Tu es sûre qu'on peut manger, ici ?

Demi-sourire de Noria. Macquart, si loin de ses habitudes. Parvenir à déstabiliser le vieux ? Un rêve récurrent, mais elle n'y est jamais parvenue. Tentation : lui raconter le massacre jouissif de la moto de Paturel. Impossible. Son jugement : gamine colérique. Pas faux. Et elle, en situation d'infériorité, pas besoin de ça. Alors, en douceur :

— Le patron fait les meilleurs raviolis chinois que je connaisse. J'avais envie de vous faire venir sur mon territoire, pour changer. Et puis, ici, nous sommes tranquilles.

Le patron dépose devant eux une théière fumante et un panier de raviolis vapeur. Macquart se sert, goûte du bout des dents, apprécie, s'absorbe dans son assiette. Noria le surveille, indécise. Jusqu'où se livrer ? Commencer par le plus facile.

— Les putes et la BAC, c'est une affaire réglée. J'ai les photos et un témoin en béton, qui s'est fait massacrer par nos justiciers en uniforme et a décidé de porter plainte. La BAC taxe aussi la drogue qui circule dans le parking. On a un bon point de départ.

Elle se tait. Il lève les yeux, lui fait signe qu'il trouve les raviolis excellents et dit simplement :

— La suite, Noria. Je t'écoute.

Il est toujours là, le vieux, attentif à tout, avec cette façon déroutante de savoir ce qu'elle pense avant même qu'elle n'ait ouvert la bouche.

— Vous avez suivi, dans la presse, l'incendie d'un squat à Panteuil, il y a un peu plus d'une semaine ?

Macquart hoche la tête.

— Rien de ce qui se passe à Panteuil ne m'est désormais indifférent.

— Quinze morts, tout de même, aux dernières nouvelles. Version officielle, livrée clés en main par Le Muir dès le lendemain : incendie accidentel provoqué par des bagarres entre dealers, avec arrestation de deux d'entre eux la nuit même. Efficacité garantie vis-à-vis de l'opinion publique : immigrés, clandestins, criminels, drogue, incendie, danger. Largement de quoi entretenir la peur. Seulement voilà, c'est un montage, j'en ai la conviction.

— Va toujours pour la conviction. Mais j'aurais préféré des preuves.

Elle le dévisage. Il a cessé de manger et, immobile, se concentre sur ce qu'elle dit. Bien plus intéressé qu'il ne veut le laisser croire. Donc, elle continue :

— Premier élément, je connais bien le vieux chef malien qui détenait l'autorité dans ce squat, c'était un squat de village, assez homogène et organisé, avec autour de lui toute une nébuleuse d'associations, d'ailleurs plus ou moins en rapport avec l'ambassade. Je suis allée voir le vieux dans le gymnase de Panteuil où les sinistrés ont été évacués, il me certifie qu'aucun des dealers qui traînaient dans les environs n'a jamais mis les pieds dans son immeuble, et j'ai tendance à le croire. D'ailleurs, à ma connaissance, ni les flics de Panteuil qui sont en charge de l'enquête, pour le moment, ni les journalistes qui ont relaté les faits ne sont venus l'interroger.

Macquart a un bref rire.

— Les journalistes, pourquoi veux-tu ? Il faudrait qu'ils se déplacent. Les dépêches AFP et des coups de fil à leurs copains syndicalistes flics, ça suffit bien.

— J'ai aussi rencontré une jeune femme malienne qui crie partout qu'elle a vu l'incendiaire. Elle a l'air un peu frappée et j'ai tendance à ne pas lui accorder beaucoup de crédibilité. Je constate simplement qu'elle n'a pas non plus été interrogée. Et pourtant, ce ne sont pas les flics qui manquent dans ce gymnase. Il y en a partout. L'énergie que met la commissaire à interdire l'accès du gymnase aux associations de soutien, surveiller les sinistrés et hâter leur relogement et donc leur dispersion, ce qui veut dire leur disparition en tant que témoins potentiels, est tout à fait remarquable.

Macquart, silencieux, lui fait signe de continuer.

— Deuxième élément, le chauffeur de Le Muir, un certain Pasquini, a appartenu à l'extrême droite qui a tenté de noyauter la police dans les années 80. Macquart arrête de manger et la regarde intensément. Il a été arrêté en 91 pour avoir posé des bombes dans des foyers d'immigrés du sud de la France.

Macquart murmure :

— Terrain connu.

— Il a gardé le contact avec un de ses coaccusés de l'époque, compromis ensuite dans le réseau Jantet. Macquart jure à voix basse. Un dénommé Mitri. J'ai fait une note à ma hiérarchie. Et, je l'ai vérifié moi-même, Mitri a quitté son travail et son domicile, après l'avoir très soigneusement nettoyé, la nuit même de l'incendie. Depuis, il est introuvable. Pour moi, l'incendiaire, c'est lui. À partir de là, je n'ai plus que des interrogations. Quelle est la responsabilité de Le Muir dans l'incendie ? Elle s'en est servie de façon admirable pour promouvoir sa politique, et l'arrestation des deux dealers, la nuit même, sur les lieux de l'incendie, semble quasi miraculeuse. Mais a-t-elle pris la décision elle-même, l'a-t-elle transmise par Pasquini ? A-t-elle su et laissé faire ? A-t-elle simplement sauté sur l'opportunité ? Si ce n'est pas elle qui a donné l'ordre, alors qui ? Quels sont les intérêts des incendiaires, et leurs liens avec Le Muir ?

Macquart a maintenant les épaules voûtées, la parole lente :

— Toi et moi, nous sommes bien placés pour savoir à quel point, dans ce domaine, il est difficile d'avoir des certitudes. Quand un flic cherche du renseignement, et comment pourrait-il faire son travail sans renseignement, c'est son oxygène, il est amené à fréquenter ceux qui le détiennent et qui sont par définition des truands. Et quand il fréquente des truands, il est amené à entendre des choses qu'il préférerait ne pas entendre. Après, ce qu'il en fait, question d'arbitrage...

— Je sais. Mais je n'ai pas forcément envie de faire dans la nuance et la sympathie. Un temps d'arrêt. Le parquet de Bobigny a confié l'enquête préliminaire au commissariat de Panteuil...

Macquart sursaute.

— Malgré les quinze morts ?

— Comme disait le président Mao, citation tout à fait approximative, certaines morts pèsent plus lourd que des montagnes, d'autres sont plus légères que des plumes. Là, nous sommes manifestement dans la catégorie plumes. — Elle sourit, soudain très détendue, et fait un signe de main en direction du patron qui s'affaire derrière ses fourneaux. — Un ancien garde rouge. C'est lui qui a fait mon éducation maoïste. Un temps. Le Muir est une femme redoutable. Elle garde le contrôle de l'enquête grâce à l'arrestation en flagrant délit de deux petits dealers à qui elle va faire porter le chapeau… Qu'est-ce que je fais ?

— Tu fais ton métier. Côté proxos, l'affaire est entendue. Pas du côté de l'incendie. Le Muir exploite la situation, c'est évident. Mais a-t-elle joué un rôle plus actif dans le déclenchement de l'incendie, rien ne le prouve. Et si ce n'est pas elle, alors, qui ? Tu continues à chercher et tu verras bien ce que tu trouveras. Mais sois consciente qu'il y a peu de chances pour que tu puisses aller jusqu'au bout. Cela me semble trop gros.

La phrase de Macquart traîne un instant entre eux deux. Ils finissent de manger en silence, sans se presser, en se donnant le temps de laisser mûrir leurs pensées.

Puis Macquart se redresse.

— Excellent. Je dois le dire. Je n'irai quand même pas jusqu'à boire du thé… Très beau travail, Noria. Avec un demi-sourire : Je trouve une sorte de jouissance esthétique à contempler ce duel à distance entre deux femmes, intelligentes et accrocheuses, qui se haïssent avant de se connaître. Devant le visage fermé de Noria : Ne te fâche pas, c'est une remarque de retraité, je la retire. Il recule sa chaise, étend ses jambes. Bon, il ne faut rien faire sortir pour l'instant. Il faut attendre que le lien politique entre Le Muir et le ministre apparaisse publiquement, de façon à l'atteindre, lui, quand nous l'attaquerons, elle. Cela ne devrait pas tarder. À ce moment-là, tu fais sauter tes flics macs, et nous alimentons en sous-main les bruits sur l'incendie en espérant que le tout fera boule de neige. Et qu'en face, ils nous laisseront assez de temps.

Paturel, Marty et Ivan sont les premiers policiers du commissariat de Panteuil à recevoir une convocation de l'IGS. D'abord, mouvement de panique, que Bosson calme vite. D'après ce qu'il sait, l'IGS veut avoir leur version de l'arrestation de Krim et Belkacem. Rien de plus normal. D'autres sujets comme l'affaire du portable seront peut-être évoqués, sans plus. Donc, surtout, ne pas s'affoler. Reste qu'un interrogatoire de l'IGS, ça se prépare, il ne faut rien laisser au hasard. Et tout le monde doit raconter strictement la même chose, sans état d'âme. Il n'y a pas urgence, les trois hommes ont encore quelques jours devant eux, mais ils veulent être irréprochables et ils se sont donné rendez-vous aux Mariniers, avant leur prise de service, pour préparer au calme leurs dépositions. Ensuite, Bosson donnera son avis. Ils sont attablés au fond de la salle, et Tof leur a servi des sandwichs et de la bière pression, puis s'est éloigné pour les laisser travailler au calme. Paturel a apporté un feutre et un bloc de papier blanc. Il l'ouvre et écrit en gros, en haut à gauche, le chiffre 1. Puis il regarde Ivan, replié sur sa chaise, Marty, tranquille, qui boit sa bière, une ligne de mousse sur la lèvre supérieure.

— D'abord, premier point, nous avons tous les trois vu distinctement Belkacem au terrain vague, le soir de l'incendie, et nous l'avons tous les trois reconnu en passant devant l'abribus la nuit de son interpellation.

Et il commence à noter, d'une grande écriture lente, sur le bloc de papier : identification…

— Stop. — Marty pose sa main ouverte, bien à plat, sur le papier. — Je ne suis pas d'accord.

Paturel abat son poing fermé sur la table.

— C'est pas vrai… Tu me lâches ?

Ivan rattrape son verre qui tangue et se tasse sur sa chaise. Explosif, le King, ce soir. Éviter les projections.

— Non, je ne te lâche pas. Mais on discute d'abord, tous les trois. Et on décide ensemble de ce qu'on raconte, tu ne décides pas tout seul pour nous tous. OK ? — Il enlève sa main posée sur le papier et attaque son sandwich. — D'abord, soyons clairs : nous ne sommes pas certains que Belkacem était au terrain vague le soir de l'incendie. Et toi pas plus que nous. — Paturel regarde nerveusement autour de lui.

— Relax, King. On est entre nous, et on verra comment présenter les choses ensuite. Alors, vrai ou faux ?

Un long temps de silence.

— Vrai.

— Bien. Alors, imagine. Il n'y a pas que l'IGS. Il va y avoir un procès, c'est inévitable, des parties civiles, des avocats. Si Belkacem n'était pas au terrain vague, ils peuvent très bien établir que, cette nuit-là, il était ailleurs, en train de faire du skateboard sur la place de la Mairie, du rap dans une station de radio locale ou n'importe quoi d'autre, avec des centaines de témoins. Tout ce que nous pourrons dire

143

par la suite deviendra suspect. Tu sais comment ça fonctionne. Il ne faut pas de faille.

Paturel articule difficilement :

— Qu'est-ce que tu proposes ?

La phrase sonne comme une passation de pouvoir. Marty prend délicatement le bloc de papier, le fait glisser devant lui.

— Restons le plus près possible de la réalité. Premier point, comme tu dis, en passant devant l'abribus, nous avons cru, tous les trois, les reconnaître. Mais nous n'étions pas sûrs. Nous décidons donc un contrôle d'identité tranquille. On laisse tomber l'histoire des mains dans les poches et des armes, parce qu'on risque d'être ridicules. Ça vous va ? — Hochements de tête. Marty fait un croquis sur le papier. — Ici, l'abribus (un rectangle), nos deux clients (deux cercles), et nous qui arrivons par-derrière (trois flèches). King prend celui de droite, Belkacem, moi celui de gauche, Krim, et Ivan reste au milieu.

— Moi, au milieu, à rien faire, pourquoi ?

— Attends. Tu vas être le témoin le plus important, avec ta gueule, tu inspires confiance. Tu surveilles le déroulement des opérations, tu as gardé tout le temps un œil sur le King et tu peux garantir qu'à aucun moment, il n'a pris un coup de chaud, qu'il n'a jamais frappé Belkacem, que tout s'est déroulé conformément à la procédure.

Ivan passe ses deux mains sur son visage, une voix résonne dans son crâne : « La police nationale couverte de ridicule [...] je n'ai fait que t'aider à mettre de l'ordre dans tes souvenirs... » Le même cauchemar qui recommence ? Pas tout à fait. Marty ne lui demande pas de charger un innocent, simplement de blanchir un coupable, Paturel, un collègue. Et puis, il peut bien promettre ce que l'on veut, à ce moment-là, il sera loin. Il écarte ses mains, regarde fixement Marty, il est en sueur, cherche ses mots.

— Je ne serai pas un bon témoin, Smarty. Je prends Krim, et toi, tu restes au centre.

Nouveau coup de poing de Paturel.

— Tu étais plus vaillant à ton propre procès, bonhomme...

Marty rigole.

— Pas tellement plus vaillant, King. Je crois qu'il a raison. Si les bœuf-carottes le cuisinent, il ne sera pas brillant. Je m'en tirerai mieux. Donc, Ivan se charge de Krim, toi de Belkacem, et moi je reste au centre à vous surveiller tous les deux.

Marty prend le bloc de papier, dessine des croix, écrit des noms.

Ensuite, ils mettent soigneusement au point le déroulement de l'interpellation de Belkacem : Paturel lui demande poliment ses papiers, il les lui donne. Paturel les contrôle, puis les lui rend. Là, Belkacem les laisse tomber, sans doute volontairement, s'accroupit pour les ramasser et, en se relevant, cherche à jeter Paturel à terre par une prise de judo (rébellion), en l'injuriant (outrage), et commence à s'enfuir. Paturel parvient à le bloquer dans son élan en étendant un bras et une jambe (action réglementaire), Belkacem est rejeté en arrière par la force de son propre élan et tombe sur les barres de fer qui soutenaient le banc de l'abribus, du temps de sa splendeur. D'où les blessures (fractures des côtes, perforation du foie et d'un poumon) qui ont entraîné la mort. Tout se tient très bien, seul Ivan n'est pas enthousiaste.

— Et le témoignage du copain, Krim ?

— Rien à craindre. Ce sera sa parole contre la nôtre, et là, c'est joué à tous les coups. Avec le juge comme avec l'IGS. Au tribunal, notre parole vaut plus que la sienne.

— Pourquoi Belkacem cherche à s'enfuir s'il n'a rien sur lui, ni arme ni drogue ?

Après avoir retourné la question dans tous les sens, Marty finit par conclure :

— Parce que c'est un con. Voilà pourquoi. Et puis n'oublie pas qu'à la deuxième perquisition on a trouvé de la drogue. Belkacem était un dealer, pour nous, ça change beaucoup de choses. Les gars de l'IGS seront moins regardants.

Et il ramasse les feuilles de papier sur lesquelles il a tout soigneusement noté. Il n'y a plus qu'à apprendre le scénario par cœur. Et le réciter sans se tromper.

Paturel finit sa bière, qu'il trouve amère. Il vient de perdre le pouvoir sur son groupe, il le sait, il est presque prêt à l'admettre, pire, à s'en foutre. Elle va ressembler à quoi, sa vie, maintenant ?

Les trois hommes se lèvent. Il est temps d'aller au boulot. Debout devant le bar, Balou prend un café. Ivan s'arrête, bloqué d'un coup. Il se croyait à l'abri. Jamais Balou n'avait osé s'aventurer si loin en territoire flic.

— Alors, Ivan, mon frère, je ne te trouve plus chez toi, tu ne viens plus non plus au foot depuis une semaine... Du jamais vu.

Les paroles viennent aux lèvres d'Ivan, presque faciles, il s'agit de sa vie de joueur, pas de celle de policier. Le foot à Sainteny, maintenant que tout le monde sait qu'il est flic, et ce qu'il a fait, il ne peut plus. Il veut changer de vie, Balou, tu entends ? Changer de vie, être un autre. Et puis non,

Paturel est là, à dix mètres, Tof écoute, il est sûr qu'il écoute, il n'arrive pas à le dire, il se tait. Balou glisse une pièce sur le comptoir, attrape Ivan par le bras, serre fort.

— Je ne t'emmerde pas longtemps. Je veux juste savoir où tu en es pour mes papiers. Tu n'as pas contacté le petit gars de Panteuil, je le sais, il me l'a dit…

— J'ai rendez-vous avec un brigadier de chez nous.

Balou lâche son bras.

— Tu as intérêt à assurer, Ivan, sur ce coup. Je suis prêt à tout, crois-moi, à tout. Pour moi, c'est une question de vie ou de mort. Ne m'oblige pas à être un salaud.

Dehors, Paturel s'est arrêté et attend. Quand Ivan le rejoint, il retrouve le ton du petit chef.

— Je n'aime pas te voir traîner avec des voyous et des dealers. T'es flic, et dans mon équipe en plus, tâche de pas l'oublier.

Ivan, le regard au sol, buté :

— Balou est mon ami. Dealer peut-être, mais c'est ton fournisseur, pas le mien.

*

Noria tourne en rond dans une petite pièce étroite, mal éclairée, meublée d'une table et deux chaises, dans la prison de Villepinte. Elle est venue parler avec Laye Camara, un des deux jeunes dealers arrêtés le soir de l'incendie. Cela n'a pas été facile d'obtenir cette rencontre. L'enquête sur l'incendie ne fait pas partie de ses compétences. En cherchant bien dans ses dossiers, elle est parvenue à exhumer un certain Osmane Camara, recherché, de façon assez peu active à vrai dire, pour avoir « facilité le séjour en France de personnes en situation irrégulière ». Camara est un nom extrêmement répandu en Guinée et dans les alentours mais, comme le dénommé Osmane Camara a sa résidence légale dans la même commune que le jeune dealer, elle a supposé des liens de famille et demandé à rencontrer Laye Camara pour l'interroger sur Osmane Camara. Et le procureur a accepté. Maintenant, il va falloir gérer. Elle n'a pas vraiment de stratégie. Chercher l'ouverture et puis improviser.

Il entre, longue silhouette maigre et flexible, une grosse tête ronde qui oscille et donne l'impression d'être sur le point de tomber d'un côté ou de l'autre. Il a l'air d'un adolescent fragile. Elle se surprend à se demander comment il survit dans l'univers du terrain vague. Elle lui tend la main.

— Commandant Ghozali. Je vous remercie d'avoir accepté de me rencontrer.

— Pas de quoi. Il n'y a pas beaucoup de distractions ici. Tout est bon à prendre.

Ils s'assoient, l'un en face de l'autre. Il renverse la tête en arrière et l'observe à travers ses paupières à demi fermées.

— Je travaille dans un groupe des Renseignements généraux qui s'occupe des étrangers en situation irrégulière.

Le jeune Noir se balance sur sa chaise, les mains en l'air.

— Je suis clean. J'ai moins de dix-huit ans, et j'ai fait ma demande de nationalité française.

— Je sais. On en reparlera, de votre demande. Vous avez un cousin, Osmane Camara, qui est sans doute moins clean. En tout cas, j'aimerais lui parler, et vous pouvez m'aider à établir le contact.

Le gosse se penche en avant, appuyé sur la table, la tête de côté, les yeux bien ouverts et le regard intense.

— Et vous allez me dire : si vous m'aidez, je vous aiderai ?

148

— Peut-être.

Il est maintenant très droit, très concentré.

— J'arrive pas à y croire. Comment toi, une rebeu, tu as pu penser que je te dirais un seul mot sur mon cousin ?

Noria ferme les yeux, frissonne. Rebeu. Elle entend le travelo, ma sœur, sa langue franco-arabe, qu'est-ce qui m'arrive en ce moment ? Ne réfléchis pas, surtout pas, pas le temps, elle est là l'ouverture, fonce.

— Je ne l'ai jamais pensé. Je me fous d'Osmane Camara. C'est un prétexte pour pouvoir te rencontrer. Je suis une amie d'Aboubacar Traoré, le vieux chef malien du squat qui a brûlé. Et je cherche celui qui y a mis le feu…

Sur un ton ironique :

— Ce n'est pas moi…

— … Je le sais. Mais est-ce que tu réalises qu'il y a toutes les chances pour qu'on te mette l'incendie sur le dos ? Et que tu dises adieu à ta demande de nationalité française ?

— Je n'y crois pas, je suis tranquille. Et puis, ils n'ont pas de preuves.

— On n'en a pas toujours besoin. J'ai lu le PV de ton interrogatoire en garde à vue. Un PV que tu as signé. Tous les termes, tous, peuvent être interprétés dans le sens de la culpabilité. Il ne te l'a pas dit, ton avocat ?

Le gamin écarte l'avocat d'un mouvement de la main.

— Oublie celui-là.

— Qui t'a interrogé ?

— Une femme.

— Une grande blonde, trente, trente-cinq ans à peu près, belle allure et l'air sévère ?

— Oui, voilà.

— Ce n'est pas elle qui a signé.

— Non, c'est le keuf qui l'accompagnait.

— Et toi, pourquoi tu l'as signé, ce PV ? Tu n'as pas vu les pièges ?

Camara baisse la tête, hésite, puis regarde Noria bien en face.

— Je me suis fait avoir, voilà pourquoi. L'incendie m'avait fait peur, l'arrestation, c'était le western, et j'étais en garde à vue pour la première fois.

— Je sais.

— Madame Je-sais-tout.

— Dis-moi ce que je ne sais pas. Et qui te rend si tranquille.

Camara se balance sur sa chaise en regardant ses pieds, il parle à voix très basse :

— Mon frère est mécano au garage Vertu. — Noria ignore tout du garage Vertu, mais se garde de l'interrompre. — Et au garage Vertu le bruit qui circule, c'est que les Lepage ont racheté tous les immeubles autour du terrain vague. Donc, d'une façon ou d'une autre, ils sont dans le coup. Et s'ils sont dans le coup, l'incendie du squat n'ira jamais jusqu'au procès.

Silence. Noria s'est laissée aller sur sa chaise, elle lutte contre une impression de grand vide et de tête qui tourne. J'ai laissé échapper le plus simple, le plus évident. L'argent, le fric, le pognon. Je ne vois pas Le Muir investir dans l'immobilier... Tout reprendre de zéro ?

Camara voit le malaise, se penche vers elle, touche son bras, attentionné.

— Je ne t'ai rien dit, commandant.

Noria se secoue, lui sourit.

— Tu ne peux rien me dire. Je ne t'ai jamais posé de questions.

Le garage Vertu. Un nom donné par le jeune Camara comme un cadeau, et tout de suite associé à celui des frères Lepage et à l'incendie du squat. Noria gamberge. Avec les frères Lepage, elle se retrouve en terrain connu. Et, s'ils investissent dans l'immobilier, le mobile est limpide. Mais les Lepage ne manquent pas d'hommes de main. Alors, pourquoi Mitri ? Ils se sont connus et appréciés dans les années 90, dans les diverses affaires de trafic d'armes et d'explosifs qui ont amené Mitri en prison ? Sa réputation de spécialiste des explosifs plaide pour lui ? Possible. Le rapport d'enquête des pompiers sur le déclenchement de l'incendie parle d'étoffes entassées dans un réduit en sous-sol situé juste en dessous de la cage d'escalier, et habituellement con-damné par une porte cadenassée, de mazout répandu très abondamment dans le cagibi, d'une bouteille de gaz aban-donnée ouverte et d'une mise à feu à distance, par l'inter-médiaire d'un téléphone portable. L'explosion, très violente, avait arraché la porte close et la cage d'escalier s'était quasi instantanément embrasée. Incontestablement, du travail bien fait. Mais il n'y avait pas vraiment besoin d'un expert pour mettre le feu à un immeuble en ruine, dont les plan-chers et la cage d'escalier étaient en bois. N'importe quel voyou pouvait faire l'affaire.

Mitri parce qu'il est lié à Pasquini, et qu'il permet donc de mouiller Pasquini ? Mitri comme gage d'un accord entre flics et truands ? Mais quels flics ? Pasquini ou Le Muir. Dans quel ordre ? À quel point ? Noria a le sentiment exas-pérant de ne pas avancer d'un pouce.

Et le garage Vertu, dans ce paysage ? Les recherches dans le fichier des RG ne donnent rien. Noria utilise alors son téléphone et ses réseaux personnels dans la Maison. Et tombe rapidement sur son copain Rodolphe, à l'Antigang, qui peut lui en parler des heures, du garage Vertu. Une inflexion de rage dans la voix. Rendez-vous est donc pris pour un dernier verre, en toute intimité, après le dîner, vers dix heures, chez Rodolphe.

Après avoir fait l'amour avec Rodolphe, sans émotion excessive, mais avec plaisir, Noria l'écoute parler longuement du garage Vertu. Dans la pénombre de la chambre, dans l'intimité bienheureuse des corps, le garage Vertu prend dans la voix de Rodolphe une dimension quasi mythique. C'est d'abord le souvenir toujours vivant d'un échec de toute leur équipe. De notoriété publique, le garage appartient aux frères Lepage qui y ont débuté leurs carrières criminelles dans le vol et le maquillage de belles voitures. Puis, quand ils sont passés à la vitesse supérieure, racket et drogue, ils y ont installé un cousin éloigné, Pierre Véry, qui, pour renforcer ses liens avec les trois frères, a épousé une de leurs sœurs. Le garage est devenu une pièce essentielle du dispositif familial, il blanchit l'argent de toute la famille, dit Rodolphe, la voix pleine de colère. Mais après un an de surveillance et d'écoutes de tous les instants, l'Antigang n'a trouvé qu'une entreprise de mécanique auto hautement qualifiée et florissante, spécialisée dans la voiture de luxe, avec une comptabilité impeccable, sans lien apparent avec les frères Lepage, et toute l'équipe a dû lever le siège, vaincue. Et Rodolphe finit poète en évoquant l'atelier et son immense cour où se côtoient les carcasses automobiles déglinguées et les voitures de grand luxe, à la frontière entre la ville et la zone, l'entreprise transparente gérée par le plus opaque des clans mafieux. Un monument de la banlieue.

Noria est amusée, intriguée. Le garage est à deux pas du squat. On peut passer discrètement de l'un à l'autre par les taillis du terrain vague. Dans un garage, on trouve du mazout, des bouteilles de gaz, des vieux chiffons graisseux. Tout ce dont s'est servi l'incendiaire. Mitri est peut-être passé au garage. S'il y est passé, il peut y avoir laissé des traces. Et puis, inutile de finasser, Noria est accrochée, elle a envie de voir le garage Vertu, de le sentir vivre, elle pense que ces sensations l'aideront à comprendre.

\*

La date du 7 septembre arrive enfin. L'équipe de Paturel s'est donné rendez-vous au café Le Balto, à la sortie du métro Bobigny-Pablo-Picasso, dès quinze heures. Ivan est arrivé le premier, tout étriqué dans son costume-gris-chemise-blanche-cravate-bleue, acheté pour le procès sur les conseils de Bosson. Debout au comptoir, il transpire et remue le café dans sa tasse, se perd dans les jeux de la lumière sur le liquide foncé pour tromper son angoisse. Il est bientôt rejoint par Marty et Paturel, bruyants, comme d'habitude. Si Marty est resté sobre dans sa tenue, pantalon et blouson de toile claire, Paturel affiche une autosatisfaction exubérante et une chemisette à fond bleu nuit parcouru d'un grillage vert sur lequel s'enroule un rosier grimpant en fleur. Il considère que la victoire annoncée de Djindjic est aussi un peu la sienne et, dans l'euphorie, recommence à faire des projets pour l'avenir, tout de suite. Il dit qu'une mutation ne lui ferait pas de mal. Changer de paysage. Marty approuve. Les forces spéciales d'intervention, voilà qui lui conviendrait bien, elles se développent un peu partout, et elles ont de beaux jours devant elles, ça devrait être possible.

Ivan, lui, ne dit rien, baisse les yeux vers sa tasse. Tenir. Demain, je serai parti.

Bientôt, une dizaine de policiers du commissariat de Panteuil les rejoignent et toute la bande se dirige vers le palais de justice. Ils passent par l'arrière du bâtiment, couloirs, escaliers, ils entrent dans la petite salle de la 13ᵉ chambre du tribunal correctionnel, encore fermée au public, et déjà pleine de flics en civil. Ivan est pris à la gorge, submergé, par l'ambiance : tous ces hommes qui lui ressemblent, la même solidité physique, la même façon de marcher, de parler, un mélange de connivence avec l'autorité et d'amertume de se sentir mal aimés par « ceux du dehors ». Chaud cocon et enfermement. Il y a comme une odeur de commissariat qui flotte dans la salle du tribunal. Impossible d'y échapper.

Ivan se dirige vers le banc des parties civiles. Françoise et Maurice, qui composaient avec lui la brigade volante d'agents à vélo, au moment des faits, y sont déjà.

Françoise s'est assise la première, à l'extrémité du banc, la tête bien droite, le regard fixé sur l'estrade vide où se tiendront tout à l'heure les juges. Ce jour-là, il y a un an, elle commandait la petite équipe des trois flics à vélo, elle était la plus âgée, vingt-deux ans, et la seule titulaire. Dans la bagarre, elle avait pris un coup de pied dans la tête qui lui avait brisé deux os, explosé cinq dents et enfoncé la mâchoire gauche. Depuis, après plusieurs opérations, elle a retrouvé un visage plutôt avenant sous la masse de ses cheveux blonds qu'elle a laissés pousser. Elle a reçu une promotion au grade de brigadier, et a été mutée en Auvergne, à quelques kilomètres du lieu de résidence de sa famille. Elle a toujours dit qu'elle n'avait pas vu d'où venait le coup de pied qui l'avait défigurée, qu'elle avait perdu conscience ensuite et ne se souvenait de rien. Elle n'avait plus jamais échangé un mot avec Ivan, ni croisé son regard depuis ce jour. Maurice s'est glissé sur le banc à côté d'elle. Un bon gros jovial, qui était ADS au moment de l'accrochage. Il est maintenant gardien de la paix, au fin fond de la Seine-et-Marne, et se considère comme un homme heureux. Tout son commissariat ou presque est venu le soutenir et finir la soirée à Paris. Ivan s'assied à côté de lui, sur la pointe des fesses, et fixe ses mains jointes, posées sur ses genoux, bien serrées, phalanges blanches. Attendre, attendre. Lui, le taciturne, est incapable de mettre de l'ordre dans le tumulte incohérent de mots qui se bousculent dans sa tête. La Justice. Toufik est innocent. Solidaire, dans la police, on est tous solidaires. La Justice. La parole d'un flic contre la parole d'un voyou. Toufik n'est pas un voyou. Peut-être, mais c'est un Arabe. Et toi, tu es quoi ? Qui étaient tes copains, avant tout ça ? Qu'est-ce que tu es devenu, Ivan ? Il attend, dans une brume de plus en plus épaisse, que la justice soit dite, comme un tremblement de terre et une délivrance.

C'est ça, la justice. Un tremblement de terre et une délivrance.

Un huissier annonce que c'est l'heure, la grande porte de la salle du tribunal va être ouverte au public. Les policiers se répartissent pour occuper l'espace. Il ne faut pas que la racaille puisse venir soutenir l'un des siens contre l'un des leurs. La porte s'ouvre, on aperçoit une petite foule dense, bruyante, qui se bouscule pour tenter d'entrer. Les huissiers laissent d'abord passer la famille de l'accusé, un banc est resté vide, au premier rang, pour elle. Puis ils referment la porte : la salle est pleine, on n'y peut rien, elle est petite. Cris de protestation à l'extérieur, quelques slogans fusent, une dizaine de CRS fait son apparition, les huissiers laissent filtrer quelques personnes, qui restent debout, appuyées contre le mur du fond. Pour les autres, elles n'ont qu'à attendre dehors. De toute façon, ce ne sera pas long.

Les avocats arrivent ensemble, dans un bruissement de robes et de conversations, puis se dirigent qui vers la défense, qui vers les parties civiles. Ivan ne reconnaît pas le sien.

L'accusé entre dans le box, entre deux gendarmes. Il parcourt la salle du regard, dévisage Maurice et Ivan qui baisse la tête, échange des sourires de connivence avec sa famille, puis s'assied.

Ivan, coincé entre Françoise à sa gauche et le box de l'accusé à sa droite, garde obstinément la tête baissée. L'huissier annonce : « Mesdames, messieurs, la Cour. » Toute la salle se lève, les juges en robe entrent, le moment est solennel. La Justice. Ensuite, tout va très vite. Lecture de quelques considérations obscures pour Ivan, puis il distingue, dans le brouillard cotonneux qui lui remplit la tête et qui déforme tous les bruits, que Toufik est déclaré coupable et condamné à six ans de prison, dont trois ans et six mois fermes. Ivan entend le cri étouffé que pousse la mère de Toufik, il croise le regard de Toufik que les gendarmes emmènent menotté, et perd pied. K-O debout. Plus tard, il est au milieu de ses collègues, qui lui expliquent qu'il vient d'obtenir vingt mille euros de dommages et intérêts, le « prix de la douleur » pour tous les coups qu'il a reçus. Vingt mille euros. Ses collègues le félicitent. Une belle somme, qu'est-ce que tu vas en faire, mon salaud ? Ivan voit trouble, la salle du tribunal vacille. Marty et Paturel le prennent chacun sous un bras et l'entraînent. Avant de parvenir à gagner la sortie du palais de justice, il faut traverser la foule dense des micros et des caméras qui enregistrent avec gourmandise les réactions de la mère du condamné, une belle femme, encore jeune, à la peau foncée et aux yeux très noirs, très photogénique. Elle pleure, elle hurle que son fils est innocent, innocent, que c'est une injustice, que sa famille est française, que son père a fait la guerre avec la France, qu'elle, elle a travaillé toute sa vie, sans un jour de chômage, sans un jour d'arrêt maladie, elle a élevé ses deux enfants seule, et la France ne veut pas d'eux. Où est la justice, où est-elle ? Ivan ferme les yeux, baisse la tête, se laisse presque porter par Marty et Paturel. Il voudrait pouvoir se boucher les oreilles. Derrière le paquet des journalistes, il faut encore affronter la grosse centaine de copains du condamné et de sa famille, des membres des comités de soutien, tous ceux qui n'ont pas pu entrer dans la salle du tribunal qui crient leur frustration et leur colère. L'un d'eux s'approche d'Ivan, le défie. « On t'a repéré, on sait où tu travailles, t'inquiète, on saura te retrouver. » Paturel l'envoie dinguer d'une bourrade, « Essaie seulement », et ils sortent enfin sur le parvis du palais. Ivan est livide.

— Qu'est-ce que tu as ? Respire, bordel ! C'est pas des mômes qui te font peur ?

Marty ajoute :

— Pense à tes vingt mille euros. Moi, je saurais bien quoi en faire…

— Ça va aller, ça va aller.

Le trio s'arrête dans un café, pour boire un coup, reprendre ses esprits, avant de rejoindre Panteuil. Il s'agit d'être en forme, la soirée aux Mariniers va être longue.

\*

Noria s'est installée dans l'ancienne planque de l'Antigang, une chambre inoccupée depuis leur départ, au sixième étage d'un des immeubles qui dominent le garage Vertu. Elle le surveille d'un œil, rien à signaler, beaucoup de voitures de luxe dans la clientèle, elle s'ennuie. À dix-sept heures précises, apparition de Pierre Véry, le cousin beau-frère, sur le terre-plein, devant l'atelier. L'allure d'un play-boy joueur de tennis, dans un costume beige bien coupé, sans vulgarité. Il fait les cent pas, accroché à son portable. Belle démarche. Noria peut l'imaginer dans des réunions de financiers et d'hommes d'affaires. L'homme de la reconversion du clan dans l'économie légale. L'immobilier, par exemple. Presque légale. Si on fait abstraction de l'incendie du squat. Et des dix-sept morts. Dont personne n'a rien à foutre.

Pierre Véry part dans un gros 4X4 Mercedes gris acier. À six heures, les ouvriers s'en vont, en groupe, ça discute et ça rigole. À six heures et quart, le gardien de nuit, un bonhomme ventru, avec une grosse moustache noire, lâche les chiens, deux solides rottweilers. Noria frissonne, elle a toujours eu peur des chiens. Maintenant, il va falloir attendre la nuit pour tenter d'approcher du garage.

\*

Isabelle et Doche arrivent ensemble aux Mariniers. Ils se sont donné rendez-vous à la sortie du métro et ont marché côte à côte, sans se presser, dans la chaleur de l'après-midi finissant. Il lui a raconté son copain Schumi, elle lui a parlé de son premier emploi dans une petite laiterie industrielle qui a fermé deux mois après son embauche. Lui ne voulait pas venir à la fête de l'équipe à Paturel, une cavalerie qui n'arrive jamais à temps, d'ailleurs le brigadier Dumézil n'y va pas. Mais elle l'a entraîné : une fête de famille, on n'a pas le choix quand on est un petit nouveau, on y va.

Beaucoup de monde, agglutiné autour des buffets, débordants de nourriture et de bouteilles, l'un a été dressé dans la salle de restaurant, vidée de ses tables, et l'autre dans le jardin, sous les marronniers. Les femmes, des administratives, restent entre elles, parlent boutique et gosses. Les hommes, par petits groupes, écoutent ceux qui reviennent du tribunal, et qui ont déjà pas mal bu, raconter avec force détails le triomphe de la cause policière et le désespoir du camp des voyous. Avec une nuance d'étonnement et d'envie : vingt mille euros de dommages et intérêts pour Ivan, à peine endommagé pour dire le vrai, autant que pour sa collègue qui s'est fait ravager le visage, c'est beaucoup, non ? À ce tarif-là, grogne Gros Robert, moi je suis volontaire tous les jours… Le sous-brigadier Montoux embraye : j'ai connu un collègue, il a fait encore mieux. Il a pris un jour un coup dans le genou, ménisque endommagé. Après, chaque fois qu'il était dans une procédure d'outrage et rébellion, il recommençait à boiter. Sept fois, il se l'est fait indemniser son ménisque. À la septième fois, le toubib lui a proposé de l'opérer. Paraît qu'il risquait la nécrose. Toutes les bonnes choses ont une fin.

Rires.

Isabelle entame une part de tarte aux prunes. Au moment

où Doche se sert un verre de jus de fruits, Gros Robert, paternel, lui glisse d'autorité un pastis dans la main.

Entouré de ses collègues de la BAC, de Bosson et de Chesnaux, un syndicaliste qui a joué un rôle déterminant pendant tout le procès et qui entend que cela se sache, Ivan entre dans le bar, les verres se lèvent pour le saluer, accompagnés de cris et de sifflets. Chesnaux lui tend un verre de whisky, pour qu'il puisse trinquer. Un verre, ça ne va pas le tuer. La commissaire Le Muir et Pasquini suivent de près, l'ambiance retombe d'un cran. Pasquini, sans s'arrêter aux buffets, se dirige rapidement vers le jeu de boules où un petit groupe de cinq personnes constitue les équipes pour le tournoi de pétanque. Il est probablement le meilleur pointeur du commissariat, donc très courtisé, mais il entend choisir un bon tireur, cette année, il veut le gagner, le tournoi, donc, pas de précipitation. Les négociations s'engagent.

Accoudée au bar, décontractée, Le Muir parle d'une voix forte, assurée : « Chacun d'entre nous se sent plus solide quand la justice est rendue à l'un de nos collègues. Dans le moment un peu difficile que nous traversons au commissariat, vous savez tous que l'IGS est dans nos murs, cette décision de justice est un appui précieux. — Avec un sourire radieux, elle se tourne vers Ivan : Au nom de tous les policiers du commissariat de Panteuil, bravo et merci, Ivan Djindjic. » Cela tiendra lieu de discours. Elle accepte un verre de whisky que lui sert Bosson, qui est passé derrière le comptoir avec Tof, familiarité que note Le Muir, évidemment. Bosson, un flic vieille école, mais précieux. Elle boit en écoutant le syndicaliste qui se lance. Il rappelle à quel point Ivan Djindjic était abattu après l'agression, combien le syndicat l'a aidé à remonter la pente, à rassembler ses souvenirs de l'agression, à les mettre en ordre pour se défendre et, finalement, à gagner. Une victoire qui, aujourd'hui, est celle de tous les policiers. Et il lève son verre à la santé d'Ivan, suivi avec enthousiasme par toute l'assistance. Ivan, emprunté, les regarde, hésite un peu, puis lève son verre à son tour, et dit à voix basse : « Merci à tous, merci d'être là. » Paturel hurle de rire, et crie, du fond de la salle : « Je ne l'ai jamais entendu aussi bavard. » Ivan vide son deuxième verre.

Le Muir fait signe à Pasquini et ils s'éclipsent.

Les administratives ne tardent pas à suivre l'exemple de la commissaire. Il faut s'occuper du dîner, du mari, des gosses. Elles partent en groupe. Isabelle repère Doche qui finit un pastis, les joues rouges, le front en sueur, au centre d'un cercle d'auditeurs attentifs à qui il raconte, en y ajoutant une teinte d'héroïsme, l'incendie du squat vu du car de PS. Elle hésite, il a l'air à son aise, content d'être là, puis finalement le prend par le coude.

— Je m'en vais. Tu m'accompagnes jusqu'au métro ?

Doche est debout, vacillant, incertain devant elle qui le séduit et l'impressionne. Parce qu'il ne parvient pas à lui dire : « Tu m'emmènes chez toi ? », il répond :

— Non, je reste encore un peu.

— Très bien. Soudain sérieuse, à voix basse : Sois prudent, Sébastien. Ne bois pas trop, tu n'as pas l'habitude.

Le temps qu'il réagisse, elle est déjà partie. Dans la rue, elle tombe sur Bosson qui rentre au commissariat : il faut bien faire tourner la baraque cette nuit, même au ralenti. Il l'accompagne pendant une centaine de mètres.

— Vous partez bien tôt, Lefèvre. La fête ne fait que commencer.

161

— Je me méfie des hommes qui boivent en bande, chef.
Sourire en coin de Bosson.
— C'est la sagesse même, Lefèvre.

Ivan est très sollicité. Chacun veut venir le saluer, le féliciter, le toucher, comme un porte-bonheur, et trinquer avec lui. L'homme aux vingt mille euros. Coincé contre le buffet de la salle de restaurant, il sourit aux uns et aux autres, répond par monosyllabes, et ne compte plus les verres. Il est surpris de sentir son angoisse comme anesthésiée au fond de la poitrine. Ce gamin dans le box des accusés s'éloigne, il ne distingue même plus les traits de son visage. L'effet de l'alcool ? La proximité de la délivrance ? Quand il voit Bosson partir, il commence à glisser par petits pas loin du buffet, vers la sortie.

Paturel, dans le jardin, boit en compagnie de Marty, boit comme on se soigne, sans gaieté, mais avec rythme et méthode. Ils échangent à peine quelques mots, l'habitude d'être ensemble est trop forte, ils n'ont plus rien à se dire. Sauvageot vient s'agglutiner au duo. Il admire la BAC et son chef et, depuis le fiasco du téléphone portable, sur la dalle, qu'il attribue à la mollesse de ses équipiers, il rêve d'y être muté, pour faire le vrai boulot de flic, dans une équipe active, soudée, et qui a des résultats. Devant ce public qui lui est acquis, Paturel reprend des couleurs et raconte quelques-uns de ses hauts faits. Marty continue à boire et l'écoute, philosophe. À chaque interlocuteur nouveau, le récit s'enrichit de péripéties hautes en couleur, dont Paturel est toujours le héros. Comment lui en vouloir ? Il est le premier à croire, dur comme fer, à tout ce qu'il raconte. Soudain, Paturel se bloque et désigne du doigt, dans la salle de restaurant, un petit groupe massé autour d'un inconnu qui les tient en haleine. Un rival ?

— C'est qui, ce petit jeune que je ne connais pas ?

Sauvageot s'empresse.

— Sébastien Doche, la nouvelle recrue. C'est un pédé. Il a été coincé à draguer un jeune Rom, il n'y a pas longtemps. Gros Robert me l'a raconté, il bossait avec lui, à ce moment-là.

Paturel est sidéré.

— Chez nous, un pédé ? Et qui couche avec des Roms ? Et personne ne dit rien ? Les fiottes vont pas se mettre à faire la loi…

Il se retourne vers le tableau où sont affichées les équipes de pétanque, juste à côté du buffet, ramasse un feutre rouge et un feutre noir et se dirige en louvoyant vers la salle de restaurant, bouscule les gens qui font cercle autour de Doche, l'attrape par le bras, en plein milieu d'une phrase, le plaque au mur.

— Alors la fiotte, viens par ici que je te fasse belle. Deux traits de feutre noir sous les yeux. Un cercle de feutre rouge autour de la bouche. — Il prend du recul pour admirer son ouvrage, rigole. — Là, c'est mieux. Regardez la Belle Doche…

Sébastien a été pris totalement au dépourvu, ses réflexes sont ralentis par l'alcool. Mais les bagarres de rues ne sont pas si lointaines et il était un caïd dans la sienne. Un coup de pied dans les couilles, à la volée, accompagné d'une manchette à la base du cou et Paturel s'effondre, le regard flou. En tombant, il se raccroche à Doche, qui a bloqué son élan, hésite, pense à Isabelle, se demande si ces deux gestes étaient bien appropriés. Les deux hommes roulent à terre. Tous ceux qui sont encore présents aux Mariniers font le cercle autour d'eux, et un anonyme annonce à haute voix qu'il prend les paris sur le petit jeune. Mais Tof sort de derrière son comptoir, sans se presser, très calme, et interrompt le combat en jetant sur les combattants un seau d'eau froide, comme pour des chiens. La méthode est efficace aussi pour les ivrognes. Doche se relève le premier en s'ébrouant. Il n'a pas reçu de coups, mais, sous la douche, l'encre des feutres a coulé en traînées noires et rouges, il a l'air d'un clown après la pluie. Marty aide Paturel, le visage crispé pour s'empêcher de crier, à se remettre sur pied. Avec beaucoup d'efforts, il l'assied sur une chaise. Le cercle des spectateurs se dissout, les hommes passent dans le jardin en discutant. Surprenant, le petit nouveau. On n'aurait pas dit à le voir. Paturel, lui, il s'effondre chaque fois qu'il a une bagarre avec des gens un peu costauds. Ça devient une manie chez lui. Paturel, une grande gueule, pas grand-chose derrière.

Ivan a profité de l'incident pour gagner la sortie. Une fois dans la rue, il respire un grand coup de bonheur. Euphorie de courte durée. Balou est là, appuyé contre un lampadaire, qui l'attend. Il lui prend le bras, le serre très fort et l'entraîne.

— J'ai eu assez de mal à te coincer, je ne te lâche pas. Tu passes chez moi, j'ai quelque chose à te montrer.

Ivan le sent prêt à l'épreuve de force physique. Surtout, pas de ça, à aucun prix. Il regarde sa montre. Carole n'arrive à la gare Montparnasse que dans une heure. Ensuite, le temps qu'elle vienne chez toi en métro, compte trois quarts d'heure, au moins… Avec Balou, évite le drame, ce soir est le dernier soir. Laisse aller.

— Du calme, on y va. Mais il faut que je parte dans une heure. J'ai un rendez-vous.

Balou sourit, et c'est un sourire méchant.

— T'inquiète pas, j'en ai pas pour longtemps.

Sauvageot est allé chercher une bouteille et des verres. Il s'assied avec Marty et Doche autour de Paturel, plié en deux sur sa chaise, et les quatre hommes boivent solennellement pour sceller la paix. Doche se sent flotter au ralenti. Il regarde son verre plein de whisky, dans sa main, au bout de son bras, très loin, il le lève précautionneusement, l'approche de sa bouche et boit une longue gorgée, il ne sent plus aucun goût, juste une brûlure. Et il entend Paturel réciter d'une voix rauque la litanie de ses malheurs. Les Roms le haïssent, ils veulent sa peau. D'abord, ils lui ont pourri la vie dans le parking, parce qu'il cherchait à mettre un peu d'ordre chez leurs filles. Puis ils l'ont suivi jusque chez lui, il en est sûr, ils le surveillent et le menacent en permanence. Doche ne comprend pas tout, mais perçoit le désespoir, il s'apitoie, l'œil humide, sur ce grand costaud abattu. Et lui, Sébastien Doche, si on va par là, lui aussi a bien du malheur. Une image resurgit avec violence, le visage long et aigu du jeune Rom, la matraque à la main dans les buissons du terrain vague, elle se détache en noir et blanc avec une netteté effrayante dans l'univers cotonneux qui l'entoure. Un sentiment de honte, comme une envie de vomir, aigre au fond de la gorge.

— T'es pas la seule victime des Roms, mon frère.

Les deux hommes tombent dans les bras l'un de l'autre.

Sans savoir comment, tous les quatre se retrouvent à chalouper, côte à côte, sur le chemin de halage et se dirigent

165

vers l'autoroute. Paturel marche vite, les trois autres peinent à le suivre. Soudain, il s'arrête, se retourne vers eux et déclare d'une voix forte et solennelle :

— Bien sûr, les Roms me haïssent, et moi, j'en suis fier. Pour un flic, c'est un honneur d'être haï par la racaille. Et tu devrais en être fier, toi aussi, la Belle Doche.

Puis il repart. Sauvageot, un peu essoufflé, le relance.

— King, pourquoi ils te haïssent, les Roms ?

Paturel continue son chemin, tête baissée.

— J'ai raflé leurs filles et je les ai obligées à venir travailler dans le parking. Voilà pourquoi. Les macs n'aiment pas qu'on mette le nez dans leurs affaires.

Il avance encore de quelques dizaines de mètres, puis brutalement s'arrête, se retourne, harangue ses compagnons en scandant ses phrases d'une main énergique :

— J'ai regroupé les filles dans le parking, j'y passais tous les soirs, je savais tout. Un mac tabassait une fille, j'intervenais, je la protégeais. Les filles étaient contentes. Et puis, jamais d'embrouilles avec les clients. Tout à la régulière. Je comprends que les macs l'aient eue mauvaise.

Il se retourne et reprend sa route. Sauvageot est subjugué par la prestance et la verve du cador du commissariat. Mais Doche, qui dessaoule lentement sous l'effet conjugué de la marche et de l'air frais, est de plus en plus irrité par le numéro de Paturel, un gars qui, finalement, dépouillé de son arsenal, ne sait même pas se battre. Pourtant, il suit encore le mouvement.

*

166

Balou marche très vite, Ivan le suit, intrigué parce que Balou ne l'a jamais laissé venir dans ce qu'il appelle son trou, inquiet parce qu'il n'aime pas le sourire méchant qu'il lui a vu devant les Mariniers. Ils coupent par des petits chemins, pour éviter les ruines du squat des Maliens, et sortent devant un immeuble isolé, tout en hauteur, en ruine. Toutes les ouvertures ont été obturées avec des parpaings, dont quelques-uns ont été brisés pour laisser entrer un peu d'air et de lumière. L'immeuble semble désert, mais Ivan sait qu'il est peuplé d'une population incertaine et mouvante de drogués et de fugitifs. Balou, qui y habite depuis plus d'un an, en est le plus ancien occupant. Il entraîne Ivan vers une brèche dans le mur, sur la façade côté terrain vague, puis, dans le noir, il le fait descendre par une échelle jusqu'à la cave.

— Te casse pas la gueule, c'est pas le moment, si tu veux être à l'heure à ton rendez-vous.

Ivan avance à tâtons et sent remonter et tournoyer tous les verres qu'il vient de boire.

Balou occupe toute la partie gauche de la cave, un grand local aveugle qu'il a fermé par une porte blindée avec serrures de sécurité. Dès qu'il a franchi la porte, et qu'il l'a soigneusement claquée derrière Ivan, il appuie sur un bouton et la grande pièce ruisselle de lumière, une orgie de lumières, des spots, des rampes, des projecteurs, des lampadaires, un peu partout. Ivan contemple, ébloui et médusé, l'un des murs entièrement occupé par des installations audiovisuelles, trois télés, dont une à écran plat gigantesque, des colonnes d'appareils qui doivent être des lecteurs enregistreurs de DVD, des radios, des consoles de jeux et autres.

— Ne reste pas planté là.

Balou pousse Ivan vers le lit, un lit immense sous une couverture de laine blanche immaculée. Ivan s'assied devant les trois écrans de télé. Juste le temps de jeter un regard circulaire, repérer le gros câble électrique qui passe par un soupirail, sans doute un branchement sauvage sur l'éclairage public, les dizaines de fils qui lui ont été raccordés de façon improbable et irriguent toute la pièce, les morceaux de moquettes dépareillées qui couvrent le sol, les rideaux rouges, noirs et bruns qui cachent plus ou moins les murs, trois portants sur lesquels toute la garde-robe de Balou est soigneusement rangée, aucune trace d'installations sanitaires, quelles qu'elles soient, mais dans un coin un empilement de caisses portant les noms des plus grandes marques de l'électronique, toutes tombées du camion, en attente d'être fourguées, sans aucun doute. Balou s'assied à la tête du lit, bricole sur un ordinateur posé au sol. La plupart des lumières s'éteignent, il ne reste plus que deux spots discrets, dans un coin, l'écran d'une télé, la plus petite, s'allume en papillonnant.

— J'ai un film à te montrer.

Une image apparaît, une image de mauvaise qualité, en plan fixe. Un gamin noir, en short et tee-shirt, est en train de bricoler un vélo posé à terre, sur un trottoir. — Ivan reconnaît le portail de Cinévagues. — Le gamin s'énerve, martèle de coups de poing la roue arrière qui lui résiste.

Trois silhouettes de gardiens de la paix en battle-dress bleus et chaussures lacées entrent dans le champ, ils avancent, compacts, en formation de combat, la femme en pointe, les deux hommes l'encadrent sur les côtés, un peu en retrait, Ivan à droite. Même si l'image est peu contrastée, il est parfaitement reconnaissable. La femme-flic et le gamin qui s'est redressé, petit, malingre, s'affrontent méchamment. Dérisoire.

Il n'y a pas de son, mais Ivan se souvient de chacun des mots échangés, lui qui est un grand taiseux. Ils le hantent, ces mots. Il se dit que tout s'est joué dans les dialogues.

*Françoise avait apostrophé le gosse : « Tes papiers, Omar, contrôle d'identité. — Tu connais que moi, la blonde. Dans le quartier, tu me cherches tous les jours de la semaine, même que tu m'appelles par mon nom, même que tu viens me chercher devant la porte de mon immeuble. Contrôler quoi ? — On veut vérifier si ce vélo est volé, petit malin. Tes papiers, et nous emmerde pas. »*

Sur la bande, Françoise donne une pichenette sur la joue du gamin, on peut dire une claque, et on voit nettement le môme lui faire un doigt d'honneur et esquisser un mouvement de fuite. Françoise le fauche et, dans un ensemble de gestes rapides et bien coordonnés, certainement répétés des dizaines de fois, elle saisit sa matraque, accompagne le corps de l'enfant dans sa chute, l'immobilise face au sol en s'agenouillant sur ses épaules, passe sa matraque solidement tenue à deux mains sous son cou. Mais l'enfant se débat, son corps est secoué de soubresauts, il est trop mince pour que Françoise parvienne à bien assurer sa prise. Elle se retourne vers Ivan, le visage congestionné.

*Elle criait : « Ivan, aide-moi à menotter cette charogne. » C'était un ordre, elle était son chef.*

La silhouette d'Ivan se penche, maladroite, hésitante, les deux mains en avant, pour immobiliser les jambes du gamin qui trépigne, martèle les épaules et les bras d'Ivan de coups de pied. Maurice leur tourne le dos. Une quatrième silhouette entre dans le champ, Toufik, lui aussi parfaitement reconnaissable, sans armes, pas menaçant, la bouche ouverte.

*Ivan avait très bien entendu. Le jeune inconnu criait : « Arrêtez, vous allez le tuer. »*

Maurice brandit sa matraque, tente de lui en porter un coup à la tête. Toufik, d'un seul geste du bras, impeccable parade de close-combat, dévie le coup et arrache la matraque.

*Maurice hurlait : « Ivan, à moi. » À quoi pouvais-tu bien penser ? Tu ne maîtrisais rien, il fallait faire vite, neutraliser Omar, puis secourir Maurice.*

La silhouette d'Ivan se redresse, celle de Toufik s'enfuit en emportant la matraque. Ivan allonge un coup de pied à l'aveugle en direction du gamin qui continue à se débattre. Le pied atteint Françoise au moment où elle glisse des épaules de l'enfant et se penche au ras du sol pour reprendre son équilibre. On voit très nettement l'impact de la chaussure lacée sur le visage de la femme qui tombe à la renverse sous le choc, en lâchant Omar, qui se relève d'un bond et s'enfuit à son tour.

Balou dit :
— Tu n'as jamais su mesurer la puissance de tes coups de pied. Si tu avais atteint Omar en pleine tête, tu aurais pu le tuer.

Les deux silhouettes d'Ivan et de Maurice se retrouvent côte à côte et sortent du champ en courant dans la direction prise par Toufik, Ivan derrière Maurice, abandonnant sur le trottoir Françoise ensanglantée et à demi inconsciente.

*Maurice hurlait : « Chopons le fellagha, il m'a piqué ma matraque. »*

La bande continue à défiler. Des habitants des HLM voisines s'approchent, portent secours à la policière blessée. Ils l'allongent sur le côté. Ivan, fasciné, reconnaît la mère de Toufik qui glisse un coussin sous la tête ensanglantée de Françoise, un jeune appelle police secours sur son portable.

Ivan met son visage dans ses mains. Exactement la scène que Maurice et lui avaient vue en revenant sur leurs pas, bredouilles. Avec, au loin, le bruit assourdi des sirènes de police. À cet instant précis, il avait enfin compris : il avait à moitié tué son équipière. Incapable de faire face. Fuite éperdue, irraisonnée, errance sur un parking, ramassé par des collègues, emmené à l'hôpital, sédatifs. Et au réveil, Chesnaux, le syndicaliste, était là. « Laisse-moi faire. Je m'occupe de tout. »

Le lendemain matin, à sa sortie de l'hôpital, dans la cour, une trentaine de journalistes, avec des micros, des caméras, les attendaient. Chesnaux racontait :

« Une patrouille de trois policiers de Lisle-sur-Seine, qui procédaient dans le calme à un contrôle d'identité de routine, a été sauvagement agressée par une bande d'une dizaine de voyous armés de battes de base-ball. Profitant de l'effet de surprise, ces voyous ont très grièvement blessé une policière, d'un coup de batte en plein visage, ses jours aujourd'hui ne sont plus en danger, ils ont roué de coups l'ADS Djindjic, ici à mes côtés, et plus légèrement touché le troisième membre de l'équipe. » L'air ahuri d'Ivan avait fait merveille. Les journalistes y avaient vu les traces du choc psychologique qu'il avait subi. Plus tard, quand il avait tenté de protester, Chesnaux lui avait dit, soudain brutal : « Qu'est-ce que tu veux ? Qu'on dise partout que trois jeunes policiers bien équipés, dans la force de l'âge, se sont fait tabasser par un adolescent et un enfant ? C'est toute la police nationale qui se couvre de ridicule dans votre affaire. C'est ça que tu veux ? » Il avait laissé couler. Chesnaux répétait aux uns et aux autres : « Je n'ai fait qu'aider Ivan à rassembler ses souvenirs de l'agression et à les mettre en ordre. » Les médias se goinfraient avec délice de la violence des jeunes de banlieue. Agresseurs fantômes, évanouis sans laisser de traces ? Tout le monde s'en foutait : restait Toufik. Les dépositions successives d'Ivan et de Maurice étaient incohérentes, changeantes ? Le juge d'instruction se chargeait de faire le tri, de tout remettre en ordre. Toufik n'avait aucune chance. D'ailleurs, il était sur les lieux et, pourtant, il était incapable de dire comment et par qui la policière avait été frappée. Donc, le coupable, c'était lui. CQFD. Son regard insoutenable, aujourd'hui dans le box. Six ans de taule.

Sur l'écran, le car de police secours arrive, suivi du Samu. Françoise est évacuée sur une civière.

Et puis Ivan avait rencontré Carole. Si différente. Elle écoutait, comprenait, expliquait. Ses mains étaient si douces. Mais jamais il n'avait pu lui parler de Toufik. Plutôt crever. Il était incapable d'assumer ce qui s'était passé, alors, il voulait recréer un monde dans lequel toute cette histoire n'existait pas, tout simplement, un monde dans lequel il n'avait jamais été ce lamentable pantin. Bien au-delà du mensonge. Il voulait rester digne dans le regard de Carole. Et peut-être le redevenir à ses propres yeux.

Ivan relève la tête, ouvre les yeux.

— D'où vient cette bande ?

— Tes copains et toi, vous m'aviez supplié d'aller faire le ménage en clando chez Cinévagues, de nettoyer leurs caméras de surveillance, tu te souviens ?

— Tu m'avais dit qu'elles ne marchaient pas ce jour-là.

— Je t'ai dit que Cinévagues n'avait pas de bandes, ce n'est pas pareil. Ils n'avaient pas de bandes parce que je les avais piquées. Et je les ai gardées.

— Qu'est-ce que tu vas en faire ?

— Si tu me trouves des papiers, je te les donne. Sinon, je les mets sur Internet. Avec les noms, les dates, les lieux. Après le procès, ton témoignage, Toufik, six ans de taule. Tu imagines le scandale ? Ça va circuler à des centaines de milliers d'exemplaires, Ivan, et tu peux bien essayer de te tirer, parce que je sais que tu vas te tirer, tu n'y échapperas pas.

Mon frère, mon ami, sept ans de ma vie, ce que j'ai fait de mieux… Ça n'a pas existé ? Ce salopard a ces bandes depuis un an. Depuis tout ce temps, il monte son coup, il me regarde m'enfoncer. Il me hait. Pourquoi ? Où que tu ailles, tu n'y échapperas pas. Carole, c'est foutu. Foutu. Plus rien…

La bande s'arrête avec un déclic, se rembobine automatiquement en ronronnant, et recommence à se dérouler. Omar et son vélo… Les trois flics marchent vers Omar…

Un hurlement, Ivan se lève, attrape Balou à deux mains par son tee-shirt et le balance sur le magnétoscope avec violence. Sans un cri, Balou bascule, bat des bras, s'accroche aux fils électriques, les arrache dans sa chute, s'effondre. Ivan le ramasse, se sert de son corps comme d'une masse pour

défoncer le magnétoscope, qui s'arrête, le jette, tête la première, contre le téléviseur qui vacille, tombe au sol et explose,
puis lâche le corps. Balou s'effondre, inerte. Grésillements le
long des fils qui pendent, arrachés ou sectionnés par endroits.
Ivan se penche sur son ami. Il ne respire plus, le pouls ne
bat plus, les yeux sont fixes. Court-circuit brutal, noir total.
Ivan pousse un long hurlement et s'enfuit, hors de la pièce,
hors de la cave, hors du squat, en se cognant, en trébuchant.
Autour du corps de Balou, des étincelles crépitent le long
des fils électriques, les gaines commencent à brûler, des
flammèches tombent sur un des portants, attaquent les vêtements, le feu prend dans un lourd rideau rouge sang.

*

La petite bande à Paturel débouche en silence sur l'espla-
nade en terre battue encombrée d'ordures qui s'étend devant
le campement rom, coincé entre l'autoroute et le canal. Elle
s'arrête, presque surprise de se retrouver là, ne sachant trop
quoi faire. Le camp des Roms semble profondément endormi.
Pas un bruit, pas une lumière. Paturel recommence à parler,
à voix très basse :
    — Les macs roms m'ont suivi jusque chez moi, ils se sont
débrouillés pour entrer dans mon parking, comment, je ne
sais pas, mais ces types, ils savent tout faire. Et ils ont détruit
ma moto, une moto Guzzi California rouge et noir, un
bijou, réduite en miettes, le réservoir crevé, les cuirs de la
selle lacérés, le pot d'échappement écrasé, les phares écla-
tés... Détruite pièce par pièce, avec furie. — Il a les larmes
aux yeux, la voix qui flanche. Il se ressaisit. — C'est une
menace contre moi, mais je ne me laisse pas faire et, ce soir,

174

je vais leur porter ma réponse, à ces raclures de chiotte. Je vais remettre de l'ordre dans ce merdier. Il attrape Sauvageot et Marty chacun par un bras. Avec moi, les gars.

Doche, qui a décroché au milieu de tout ce gâchis mécanique, reste immobile et les regarde pénétrer dans le camp des Roms. Ce type est un fou dangereux. Il se retourne pour rentrer vers Panteuil et se fige. De l'autre côté du terrain vague, une lueur d'incendie. Pas possible, le cauchemar recommence ? Ou est-ce l'alcool ? À cet instant précis, une pétarade dans le camp. Doche n'est pas un grand connaisseur des armes à feu, mais il reconnaît nettement le bruit familier des détonations du Sig Sauer, leur arme de service. Une accalmie, et la pétarade recommence. Le camp se réveille, Doche entend des cris, des portes qui claquent. Troisième salve de coups de feu. Doche sort son portable et appelle police secours.

*

Noria rôde autour du garage Vertu, sans projet précis, au hasard. Elle a longé le mur qui clôture la grande cour où s'entassent les carcasses de voitures. Haut, lisse, bien entretenu, pas la moindre brèche, et difficile à atteindre : les broussailles épineuses du terrain vague, souvent impénétrables, prolifèrent dans son ombre. En avançant, elle entendait galoper les chiens, haletants, qui sentaient sa présence, la suivaient en grondant. À un moment, elle avait même posé sa main sur son arme, histoire de se rassurer. Et maintenant, elle se retrouve dans la rue, devant le portail en fer qui ferme la rampe d'accès au garage, plutôt désemparée. Aucun système de surveillance électronique, apparemment.

175

Probablement rien à cacher. Je me suis laissé prendre aux talents de conteur de Rodolphe. Une journée de perdue, *nada*. Une impasse de plus dans cette affaire. Soudain, une salve de coups de feu, puis une autre, plus loin que le garage, de l'autre côté du terrain vague. Noria sursaute, frisson d'excitation, les chiens aboient. Elle entend le gardien de nuit sortir de chez lui, en contrebas. Un temps de suspension, puis le son très lointain des sirènes de police et des pompiers qui se rapprochent vite. Des voitures rouges déboulent en trombe dans la rue, la dépassent sans ralentir. D'autres sirènes, plus loin, vers l'autoroute. Des curieux, plus ou moins ensommeillés, descendent des immeubles alentour, viennent aux nouvelles, suivent les voitures de pompiers en courant. « Un autre incendie, on dirait bien… Le squat des drogués, ce coup-ci… » Noria se retourne. Au bout de la rue, à quelques centaines de mètres, une colonne de fumée noire et une lueur orange intermittente, au ras des broussailles. Le portail en fer du garage Vertu s'ouvre, le gardien de nuit sort en poussant une bicyclette, ferme soigneusement derrière lui, puis part en direction de l'incendie. Il a dû enfermer les chiens, on ne les entend plus. La rue est vide de nouveau. Noria ne réfléchit pas, elle escalade le portail, prend son élan, saute, agrippe le tuyau de descente des eaux de l'atelier, grimpe, rétablissement acrobatique sur la gouttière, allongée à plat ventre sur le toit, un peu essoufflée, malgré l'entraînement, mais ravie de la bonne blague. Tous les vasistas sont ouverts. Elle se penche. Six mètres plus bas, à peu près, l'atelier dans la pénombre, seules sources de lumière, celles qui signalent les sorties de secours. Suffisant. Elle repère une charpente métallique toute proche. Et si les chiens étaient enfermés dans l'atelier ? Non, je les entendrais et je les verrais gueuler et baver, là, juste en dessous. Réfléchis pas, fonce.

Elle déambule dans l'atelier désert. Vaste, bien aéré, impeccablement rangé. Le long d'un mur, un établi, des fers à souder accrochés au-dessus, trois bonbonnes de gaz stockées en dessous. Les recharges des fers à souder. Mise à feu de l'incendie par une bonbonne de gaz. On pourrait peut-être creuser, s'il y avait une véritable enquête, mais il n'y a pas d'enquête, et puis ils sont prudents… Noria passe à côté de la « cellule peinture », complètement isolée par des bâches translucides. À l'entrée de la cellule, quatre combinaisons blanches, en tissu très fin, imperméable, couvrant la tête, les mains, les pieds, pendent à des patères, comme des peaux d'hommes écorchés, vaguement luisantes dans la nuit, impression forte. Elle s'arrête, ferme les yeux. Elle revoit la jeune Malienne, accroupie devant elle, le regard halluciné. « Un grand ver blanc, luisant… » Sur le coup, Noria n'avait pas prêté attention au témoignage de la fille, tout juste pensé qu'il ne devait pas y avoir que de l'herbe dans la pipe, mais aussi quelques substances solidement chimiques. Maintenant, devant ces combinaisons…

Noria entend le portail qui se referme, les chiens commencent à aboyer. Elle se met à courir. Le gardien calme ses chiens de la voix. Noria escalade la charpente métallique trop vite, elle s'écorche les mains, les chiens se ruent contre la porte roulante de l'atelier, elle atteint le vasistas, le gardien leur entrouvre la porte, ils se jettent à sa poursuite, elle est déjà sur le toit. Plus de précautions, elle cavale, dégringole le tuyau d'évacuation des eaux, franchit le portail et, dans l'élan, sans reprendre son souffle, court jusqu'à la planque de l'Antigang, où elle s'arrête enfin, furieuse. Oui, elle a eu peur, autant se l'avouer. Et tout ce cirque pour quoi ? Pour rien. Non, pas tout à fait pour rien. Tu peux reconstituer la façon dont les choses se sont déroulées. Mitri prépare son coup au garage, attrape la combinaison en partant, l'enfile pour pénétrer en rampant dans le sous-sol, histoire de ne pas se salir et de ne pas laisser de traces, on ne sait jamais. Son affaire faite, il ressort, enlève la combinaison un peu plus loin, la jette ou la brûle et part pour l'étranger, direct. Tu penses maintenant que le garage Vertu est au cœur de l'affaire, conviction bien tardive. Et alors ? Tu as des preuves utilisables ? Aucune. Pire, tu ne sais toujours pas s'il y a un lien, et de quelle nature, entre le garage et les Lepage, l'incendie et Le Muir, ce qui est l'élément décisif. Bravo. Si le camp d'en face prend des initiatives, ce qui est probable après ce deuxième incendie, toi tu vas être condamnée à agir en aveugle. Et, pour tout arranger, tu as peut-être alerté le gardien… Le pire n'est jamais sûr. Il pense probablement à un petit voleur du coin.

Quand le gardien de nuit parvient au portail, il l'ouvre, jette un coup d'œil dans la rue et, comme il s'y attendait, ne voit plus personne. Il referme, sort son portable et appelle Pierre Véry. « L'incendie, peu de choses… Pour le coup, probablement une bagarre entre dealers… Absent une petite demi-heure, peut-être moins, et on a eu de la visite… On devait nous surveiller… Je dirais plutôt un flicard trop curieux, souviens-toi des embrouilles avec le jeune flic, il n'y a pas si longtemps… À toi de voir. »

Pierre Véry repose son portable. Bien réveillé, maintenant. Il contemple sa femme qui dort profondément, à moitié dénudée, suit du regard les belles courbes pleines de la cuisse, la hanche, l'épaule, les seins. Et retrouve lentement sa sérénité. Que faire, maintenant ? Premier mouvement : reprendre le portable et faire donner les plus puissants de ses protecteurs, ceux qu'il n'a encore jamais sollicités. À la réflexion, mauvaise réaction. Dans le pire des cas, un flic est venu visiter le garage Vertu en « sauvage ». Qu'est-ce que cela prouve ? Qu'il ne peut pas le faire de façon officielle. Qu'il a entendu des bruits, mais qu'il n'a pas de preuves, puisqu'il en cherche. Et au garage Vertu, des preuves, il peut toujours chercher, il n'en trouvera pas.

Sa femme bouge lentement, la respiration calme, profonde, un peu rauque. Il écarte le drap pour suivre de l'œil puis du doigt la ligne de la jambe, jusqu'au cou-de-pied, qu'elle a très fort, dessiné par la pratique du flamenco. Il aime ce cou-de-pied.

Mitri a brûlé la combinaison de la cabine peinture à cinquante kilomètres de Panteuil, et jeté les cendres dans la Seine. Aucun matériel utilisé dans la fabrication de l'engin de mise à feu ne provenait du garage. L'établi et les outils dont Mitri s'est servi ont été déménagés. C'est sûr, il peut toujours fouiner, le flic, il ne trouvera rien. Et Mitri est un homme de confiance, avec lequel les Lepage sont en affaires depuis plus de dix ans, qui a toujours été fiable, même quand il est tombé. Aujourd'hui, il vit aux États-Unis, sous une nouvelle identité, et travaille chez Blackwaters où il réalise le rêve de sa vie : faire la guerre et faire du fric. Véry est le seul à avoir ses coordonnées et à pouvoir s'en servir comme d'un moyen de pression sur Pasquini.

Tout est en place.

Il pose sa main sur la jambe dénudée, remonte lentement jusqu'à la hanche, qui lui emplit la paume, plisse les yeux, heureux de sentir la tension du désir.

Par contre, si je bouge, je vais alimenter son enquête, au flic sur le toit. S'il est vraiment malin, il a déjà remis le garage, ma maison, mon portable sur écoute. Il ne cherche qu'une chose : me pousser à la faute. Moins j'en fais, mieux je me porte.

Pierre Véry s'allonge à côté de sa femme. Envie folle. La posséder dans cette belle indolence, sans la réveiller.

Au petit matin, dans les vieux quartiers de Panteuil, un petit groupe de journalistes, silencieux, crispés, attendent derrière une file de cars à l'arrêt, remplis de CRS. Une équipe de télé, un photographe d'agence de presse, deux journalistes de la presse écrite, tous des gens à qui Le Muir estimait pouvoir faire confiance. Elle leur avait téléphoné elle-même, la veille. « Après les incendies de squats dont Panteuil a été le théâtre, vous avez noté la déclaration du ministre de l'Intérieur ? Il faut que les décisions de justice concernant la fermeture des squats et des immeubles insalubres soient appliquées, dans le souci d'assurer la protection et la sécurité des occupants eux-mêmes. » Ils avaient noté. « Ça vous intéresse de voir comment nous la mettons en œuvre ? » Ça les intéressait, évidemment. Et ils se retrouvent derrière la troupe, comme des journalistes « enrôlés », vaguement inquiets, tendus.

Les cars s'ébranlent lentement, viennent boucler les deux extrémités d'une ruelle qui dessert quelques ateliers et quelques jardins en bordure d'une zone de pavillons ouvriers. Le Muir se tient un peu en retrait, aux côtés du commandant de la compagnie de CRS. Six heures, pile. Un geste, les hommes descendent tous ensemble des cars, casqués, tenues de combat, armés de matraques et de fusils lance-grenades, ils se dirigent au pas de charge vers un hangar qui abritait une imprimerie aujourd'hui abandonnée. La porte est enfoncée, les hommes entrent en force, envahissent le lieu où une dizaine de familles africaines se sont aménagé des logements de fortune. La consigne est de faire vite, net, sans bavures. Vite. Les CRS se répandent dans tout l'espace, toujours au pas de charge, tirent quelques grenades lacrymogènes en guise d'avertissement et, pour créer l'ambiance, réveillent brutalement hommes, femmes, enfants en les jetant à bas des lits ou des matelas, à peine le temps de saisir un pantalon, une robe, ils sont poussés à coups de pied, à coups de bâton vers la sortie comme un troupeau, ils déboulent dans la ruelle, à moitié suffoqués, effrayés, traumatisés, noyés au milieu d'une centaine de CRS. Une femme enceinte, enroulée dans un boubou coloré, tombe à terre, elle est piétinée dans la bousculade avant d'être relevée sans ménagements par un CRS casqué, visière rabattue sur le visage, botté, ganté, pas un pouce de peau apparente. Face-à-face entre une femme et un robot, premiers flashes, la caméra enregistre. Des gosses paniqués, à peine vêtus, se perdent entre les jambes des uniformes. Les visages en larmes, les yeux effarés fixent le photographe, le cameraman qui se déchaînent. Le Muir blêmit.

Deux cars de transport collectif attendent, moteurs en marche, à une extrémité de la ruelle pour embarquer les squatteurs et les disperser dans des hôtels dans toute la région parisienne où des places leur ont été réservées. Mais ceux-ci, après quelques coups de bâton et un peu d'air frais, ont repris leurs esprits. Pas question de se laisser enlever comme des ordures, d'être déportés, séparés. Ils refusent de monter dans les cars, s'agrippent les uns aux autres, s'arc-boutent sur les barrières des jardins, les portes des ateliers, appellent le voisinage à l'aide. Deux femmes ont sorti des portables et téléphonent frénétiquement. Les CRS n'aiment pas qu'on leur résiste, et ils ont ordre de faire place nette. Ils réagissent donc en force, les coups de matraques pleuvent à l'aveuglette, mais ils ne parviennent pas à embarquer qui que ce soit. Moment de confusion. Les journalistes prennent des notes.

Les voisins sortent dans leurs jardins, protestent. « Qu'est-ce qui se passe, ici ? C'est quand même pas la guerre. Ces gens ne font de mal à personne... » Des responsables d'associations, mal réveillés, débarquent et s'interposent entre les CRS et les squatteurs. Puis un avocat jaillit de sa voiture, fonce vers le commandant des CRS en gesticulant. « Ces gens sont-ils en état d'arrestation ? Non ? Alors vous n'avez pas le droit de les embarquer de force dans ces cars. » Enfin le maire de Panteuil arrive, très agité, et prend immédiate-ment les journalistes à témoin. Contrairement à eux, il n'a pas été averti de l'intervention des forces de l'ordre sur le territoire de sa commune. La décision de justice qui est cen-sée être appliquée est vieille de plus de cinq ans. C'est une basse manœuvre politique qui vise à ramasser les voix de l'extrême droite en jouant sur la peur...

Pasquini regarde Le Muir, elle fait la gueule. Il se rappro-che. Elle se concerte avec le commandant des CRS. Mettre fin à l'opération. Le squat est vidé. Il faut le faire garder par des hommes en armes jusqu'à ce que les travaux de démolition commencent, les entreprises seront sur place cet après-midi même. Les squatteurs ne veulent pas des relogements prévus pour eux ? Qu'ils se débrouillent avec le maire. Puis Le Muir s'éclipse sous la protection de Pasquini, sans s'arrêter pour parler aux journalistes. Dans la voiture qui s'éloigne rapidement, Le Muir abaisse le dossier de son siège, s'allonge, ferme les yeux, se détend et fait un premier bilan de ce début de matinée. Pas brillant. Les images d'enfants en pleurs égarés au milieu des robocops ne sont jamais bonnes, elles évoquent de mauvais souvenirs. Le direct a ses risques. Il vaut mieux convoquer les médias après les opérations, quand la situation est sous contrôle. Une leçon à retenir pour l'avenir.

*

Dans le bureau du directeur de cabinet du ministre de l'Intérieur, l'atmosphère est très lourde. Le directeur a convoqué trois de ses plus proches collaborateurs, ses hommes de confiance, pour leur faire lire un article du *Bavard impénitent*, journal satyrique paraissant le mercredi, qu'on vient de lui faire parvenir. Il a sa tête des mauvais jours, les yeux étrécis et les lèvres pincées. Assis à son bureau, il pianote nerveusement pendant que les trois hommes en costume sombre, debout, penchés sur le journal étalé sur la table de réunion à la page 3, lisent en silence.

### LE BAVARD IMPÉNITENT

*Deux incendies de squats à Panteuil, quinze morts, des dizaines de blessés, la réponse du gouvernement ne s'est pas fait attendre. Compassion pour les victimes ? Nouvelle politique du logement ? Vous n'y êtes pas du tout. Communiqué « musclé » du ministre de l'Intérieur, les incendies des squats sont devenus des arguments majeurs pour étayer la politique sécuritaire de notre ministre. Les squats sont surpeuplés d'immigrés clandestins, drogués, criminels, parasites et polygames, ce sont des dangers potentiels pour toute la population française, il faut nettoyer ces abcès, et c'est ce qui a commencé hier avec les grandes opérations de nettoyage musclé des squats et des logements insalubres menées dans la banlieue nord de Paris, appuyées sur des déploiements spectaculaires de forces policières suréquipées, censées rassurer la population française.*

*Cette opération de communication bien menée ne saurait cependant masquer quelques questions brûlantes.*

*Qui a allumé les incendies ? Des bruits insistants font état d'opérations immobilières juteuses autour des squats incendiés ou « nettoyés » par les forces de l'ordre. L'enquête judiciaire en cours permettra-t-elle de faire la lumière ? Souhaitons-le, mais nous avons quelques inquiétudes sur ce point.*

*Le dossier des deux incendies des squats de Panteuil est géré par le procureur Chautemps, un magistrat encore inconnu du grand public, intègre et compétent comme tous nos magistrats, et par ailleurs grand ami de notre ministre de l'Intérieur. Il a confié l'enquête préliminaire aux équipes du commissariat de Panteuil, qui ne semblait pas le mieux placé pour cette tâche. Car ce commissariat est actuellement visé par plusieurs actions en justice qui impliquent toutes des jeunes issus de l'immigration. Des policiers du commissariat sont accusés de proxénétisme à l'encontre de prostituées sans papiers originaires de l'Europe de l'Est. D'autres sont accusés de violences volontaires à l'égard de jeunes et, dans l'une de ces affaires, la victime est décédée des suites de ses blessures. Enfin, des bruits cou-*

*rent avec insistance dans la population de Panteuil selon lesquels des policiers seraient impliqués directement dans les incendies. Ce ne sont évidemment que des bruits, mais ils témoignent du climat détestable qui règne entre la population de la ville et sa police.*

*Alors, pourquoi le procureur Chautemps choisit-il de confier à ce commissariat une enquête aussi importante ? Serait-ce parce que la commissaire est Mme Le Muir, elle aussi proche du ministre de l'Intérieur, et dont on murmure qu'elle a un rôle tout à fait important dans l'élaboration de la politique du ministère vis-à-vis de l'immigration ? Est-ce elle qui a fourni l'argumentaire à la communication du ministère sur la « vraie nature » des habitants des squats : clandestins, drogués, parasites, etc. ? Est-ce elle qui protège les marchands de biens qui ont acheté les immeubles squattés pour une bouchée de pain et voient maintenant, après expulsion, les prix monter en flèche ?*

*Le ministre, le procureur, la commissaire : une entente d'enfer pour mettre en scène la grande comédie sécuritaire, et y faire entrer de force les incendies de squats et leurs victimes. On attend de voir comment les proxos et les tabasseurs qui nichent au commissariat de Panteuil vont conduire leur enquête. Leur rôle va-t-il être de conduire l'enquête à son terme, ou de l'enterrer ?*

*Nous attendons les résultats avec une certaine appréhension, et peut-être même une certaine peur.*

Signé : S. T.


Les trois hommes se redressent. L'un d'eux demande :
— Qu'y a-t-il de vrai là-dedans ?

Le directeur grince des dents.

— Que voulez-vous dire ?

— Concernant le commissariat de Panteuil, j'entends.

— À peu près tout, sans doute.

L'un des conseillers explose :

— Cette poufiasse blonde nous met dans un sacré merdier.

Les deux autres bougonnent, mais ils sont d'accord. D'ailleurs, ils le pressentaient : trop jeune, trop belle, trop sûre d'elle.

Le directeur leur fait signe de s'asseoir.

— Écoutez-moi bien. Vos petites antipathies ne doivent pas nous faire perdre de vue que l'essentiel est la politique que nous sommes en train de définir. Un silence, regard circulaire, accord général. Le Muir en fait partie. D'un geste, il impose le silence. Et nos ennemis sauraient nous le rappeler, si nous venions à l'oublier. Nous n'avons pas le choix, messieurs. Donc, dans un premier temps, il faut bloquer toute possibilité de développement d'un scandale. Et le faire très rapidement. Pierre, vois avec l'IGS. S'il y a eu des manquements à la discipline ou à la déontologie au sein du commissariat, il faut les sanctionner vite et bien. Le deuxième point est plus délicat. L'enquête sur l'incendie du squat doit rester dans les mains de Le Muir, toute autre décision apparaîtrait maintenant comme un désaveu, et elle doit à tout prix aboutir très vite. Michel, je voudrais que tu te charges de cet aspect.

— Ça me va.

— Ensuite, quand nous aurons plus de temps, nous nous occuperons du journaliste, du journal, et de ceux qui, dans la maison, les renseignent.

Michel, le plus âgé des trois conseillers, la soixantaine bien sonnée, assis dans le canapé, sourit à la ronde.

— Nettoyer le commissariat de Panteuil, pour couper court à toutes les spéculations, taper vite, taper fort sur les lampistes, pour circonscrire les problèmes et éviter les remontées, c'est le b-a-ba. Ensuite, on attendra que cela se tasse et, vous verrez, cela se tassera. Plus vite que vous ne le pensez.

— Dieu t'entende.

*

Bosson se réveille de très méchante humeur, vers midi. Pas assez dormi. Et un temps splendide, une journée idéale pour ne rien faire, au calme, sur ses terres. Glander. Oublier pendant tout un après-midi le commissariat de Panteuil et les orages qui s'accumulent. Mais c'est impossible. Il faut récupérer Paturel et Marty qui sortent de quarante-huit heures de garde à vue, après la malheureuse affaire du camp des Roms, et sont, paraît-il, en très sale état. Les dorloter, leur remonter le moral. Éviter que ces deux costauds ne s'effondrent parce que le plus dur est devant eux. Quel métier ! Sa femme lui a laissé une bonne salade de pommes de terre dans le frigo, avant de partir pour toute la journée, il ne sait où. Mais elle a un goût amer, cette salade. Sonnerie du téléphone. Genêt. Surprise. Pas dans ses habitudes. Il veut voir Bosson ce soir, sans faute, avant sa prise de service, ça pourrait être chez Tof. Bosson bougonne, accepte, raccroche. Il mange encore une ou deux bouchées de pommes de terre, puis repousse son assiette, trop amer, décidément, ça se précise : avis de tempête sur le commissariat de Panteuil.

188

Place de la Bastille, Bosson est assis à la terrasse d'un café. Il repère de loin Marty et Paturel qui viennent vers lui en traversant la place à grandes enjambées. Depuis qu'ils ont été libérés, ils sont passés chez eux pour se laver, se changer, mais Paturel reste très marqué par ses aventures nocturnes et la dérouillée que trois solides chefs de famille roms lui ont passée avant l'arrivée des collègues de police secours. Il a une partie du crâne rasée, pour dégager une dizaine de points de suture, et sa joue gauche est barrée d'une longue estafilade sanglante, pas encore refermée. Les deux hommes s'assoient, commandent une bière. Puis Marty embraie tout de suite. Ils sont convoqués le lendemain, à l'IGS. À l'origine, il s'agissait de l'enquête sur les circonstances de la mort de Belkacem. Là-dessus, ils sont assez tranquilles, ils savent quoi dire, ils ont préparé leurs témoignages, il ne devrait pas y avoir de pépins.

— Il faut vous en tenir strictement à ce qui a été convenu à l'avance, précise Bosson. Vous serez interrogés séparément, il faut éviter toute improvisation.

Marty continue :

— Ce qui nous inquiète, c'est la virée chez les Roms. Là, on a vraiment déconné, ils vont forcément nous interroger là-dessus aussi, et on ne sait pas quoi dire.

— Il faut faire simple. Vous n'étiez pas en service. Vous vous êtes saoulé la gueule et vous n'avez aucun souvenir de la soirée. King, t'entends ? Aucun souvenir, donc rien à dire. Vous ne savez même pas pourquoi ni comment vous avez fait pour vous retrouver là-bas. Ton arme de service, tu la portais parce que, après la fête, tu rentrais chez toi. Et dis-toi bien, King, que ça aurait pu être pire pour toi, si les Roms n'avaient pas rendu l'arme qu'ils t'avaient prise. Alors arrêtez de gamberger, tous les deux. Aucun souvenir et, surtout, aucune raison personnelle d'en vouloir aux Roms. Je me fais bien comprendre ?

— Il va y avoir des sanctions ? À quoi on doit s'attendre ?

— Difficile qu'il n'y en ait pas. Mais on limitera au maximum. Les syndicats préparent déjà votre défense. Vous êtes les flics les mieux notés du commissariat, pas des brutasses ni des poivrots. Personne ne vous laisse tomber. Même pas La Muraille, et pourtant, croyez-moi, elle n'était pas contente, avec ses grands principes anti-alcooliques.

Paturel n'a pas ouvert la bouche. Les deux hommes se lèvent, s'en vont. Bosson les regarde s'éloigner. Ils ne roulent plus des mécaniques, les deux Bacmen, le pavé n'est plus à eux. Bosson sait bien que l'affaire ne prend pas bonne tournure.

Genêt attend déjà Bosson dans l'arrière-cuisine de Tof. Beaucoup de complicité entre eux, ils sont de la même race de flics. Mais tout dans le non-dit. Ce n'est pas facile d'entamer un dialogue. Dès que Bosson est assis, Genêt glisse vers lui un article de journal.

— Tu as lu le *Bavard impénitent* ?

— Non. Je perds pas mon temps avec ces torchons.

— Lis-le, c'est court.

Bosson lit.

— Et puis ?

Genêt lui passe un très court rapport, daté du 3 août, signé Sébastien Doche, faisant état du chargement nocturne d'une voiture de luxe peut-être volée par les responsables du garage Vertu.

Bosson hausse les épaules.

— Des conneries, tu le sais bien. Depuis l'arrivée de Véry aux commandes, le garage Vertu ne fait plus dans les voitures volées.

— Je sais bien. Doche a pris pour du trafic ce qui n'est sans doute qu'une livraison en urgence d'un client fortuné. C'est pour ça que, sur le coup, j'ai laissé passer son rapport...

— Véry nous rend même de temps en temps des petits services...

— Les mendiantes roms, par exemple ?

Bosson hoche la tête. Les mendiantes roms et, parfois, un peu plus. Mais là-dessus, silence.

— Seulement voilà, Doche s'est obstiné. Regarde ce que ça donne.

Genêt glisse vers Bosson un nouveau rapport, daté du 4 août, toujours signé Doche, faisant état de la présence simultanée au garage Vertu des frères Lepage et de Pasquini, le chauffeur de la commissaire, accompagné d'un individu non identifié, à l'allure d'homme de main.

— Merde.

Bosson échange un regard avec Genêt. Des doutes concernant Pasquini, on en avait... mais là...

— Si les journalistes tombaient là-dessus...

— Les journalistes, ou l'IGS, ou n'importe qui...

— J'ai étouffé le rapport. Tu es le seul à l'avoir lu. Le Muir ne l'a jamais eu et ne sait pas qu'il existe. Je prends des risques...

— Et Doche ?

— Il ne lit pas les journaux... Comme toi. Hier, l'IGS l'a entendu comme témoin dans l'affaire du camp des Roms. Tu sais, c'est lui qui a appelé police secours.

— Je sais.

— Il a rien dit de particulier. Il n'a pas chargé ses collè-gues. Correct.

— Il faut qu'il s'en aille avant d'avoir compris l'impor-tance de ce qu'il a vu.

*

Paturel et Marty ont été convoqués ensemble à l'IGS mais, dès leur arrivée, ils sont séparés. Paturel se retrouve seul, enfermé dans un petit bureau sans fenêtre, pauvrement meublé d'une large table en Formica et de trois chaises. Une longue attente commence. Pas trop d'angoisse : il a l'habi-tude de ces méthodes, il en profite pour se remettre en tête les consignes de Bosson. Pas d'affolement. Sur Belkacem, s'en tenir strictement à ce qui a été convenu et ne se per-mettre aucune improvisation. Sur le camp des Roms, Patu-rel se persuade qu'il a déjà oublié les macs, les filles et la moto détruite. Bourré, armé, aucun souvenir et rien à dire. Je devrais pouvoir tenir.

Au même instant, un peu plus haut dans les étages, deux hommes, le capitaine Marmont et le lieutenant Grondin, se rejoignent devant une grande table chargée de dossiers. Ils sont étonnamment semblables, grands, minces, dans leurs costumes gris, chemises blanches, cravates bleues, un peu empruntés, pas encore l'habitude de travailler ensemble, chacun doit trouver ses marques. Marmont s'approche de la table, choisit une série de dossiers, les empile soigneusement, pose la main dessus, bien à plat.

— Commissariat de Panteuil. Affaire délicate, à traiter en priorité.

— Je m'en serais bien passé.

— Moi aussi. La ligne directrice est de sanctionner vite et bien les fautes manifestes, pour couper court à toutes les spéculations qui chercheraient à mettre en cause l'institution elle-même.

Grondin secoue la tête, soupire.

— On connaît la chanson.

Marmont sort un dossier de la pile.

— Commençons par le plus facile.


Marmont et Grondin entrent dans la petite pièce où Paturel est enfermé. Ils ont la démarche dynamique et l'air aimable, presque souriant. Chacun a un épais dossier sous le bras gauche et ils se présentent, main tendue : « Lieutenant Grondin, capitaine Marmont. » Paturel se lève, salue, brutalement conscient de son crâne à demi rasé, de ses cicatrices, de son pantalon et de son blouson de baroudeur. Il ne fait pas le poids face aux costards-cravates. Une mentalité de vaincu.

Le lieutenant et le capitaine s'assoient et déposent sur la table leurs dossiers dont Paturel ne peut détacher les yeux. Qu'est-ce qu'il peut y avoir là-dedans ? Toute une littérature. Il s'effondre sur sa chaise en bafouillant :

— Pour l'histoire du camp des Roms, je ne me rappelle plus de rien.

Le capitaine lui sourit, très décontracté.

— C'est sans importance, il n'est pas question de ça, pour l'instant. Sur ces faits-là, l'enquête ne fait que commencer, nous en reparlerons une autre fois.

Il ouvre le dossier posé devant lui, en sort une grande photo en noir et blanc qu'il glisse à travers la table vers Paturel. La lumière blafarde du parking, une fille debout, Paturel devant elle, une main dans le soutien-gorge en train d'extraire un billet de vingt euros. Surprise totale.

— Oh, ça…

— Oui ?

— Eh bien, en faisant notre ronde de nuit, on s'arrêtait dans le parking près du périphérique pour plaisanter avec les filles, on chahutait un peu, il y avait une bonne ambiance, on rigolait entre copains, quoi.

— La rigolade allait jusqu'à des rapports sexuels avec les filles ?

Paturel a toujours le regard fixé sur le dossier. Elles ont dû causer, les putes, pour qu'il y ait autant de pages.

— Bien sûr. Enfin, de temps en temps. Pas souvent. Les filles, elles aiment bien ça, et puis c'est des rapides, vous savez. Des putes, quoi.

Le capitaine pointe du doigt le billet sur la photo.

— Et le billet, là, toujours une plaisanterie ?

Paturel se redresse soudain, outré.

— Qu'est-ce que vous croyez ? On n'est pas des macs. C'est une sorte de tour de passe-passe. On appelle ça la main collante.

— Et vous le rendiez, après votre tour de passe-passe, le billet ?

Paturel hésite. Et si Ivan avait causé, lui aussi ? L'enfoiré.

— Pas toujours.

— Parce que vous le rendiez quelquefois ?

Silence.

— Bien. Et vous en faisiez quoi, de cet argent ?

Paturel essaie de réfléchir. Pas facile. La cagnotte du commissariat ? Mais Bosson est capable de démentir, si on lui demande, il est même foutu de tenir des comptes de la cagnotte. Et puis ça mettrait les collègues dans de sales draps. La Muraille piquerait une crise si elle apprenait l'existence de la cagnotte et comment elle est approvisionnée.

— Maintenant, là, tout de suite, j'en sais rien, m'en souviens plus.

Le capitaine et le lieutenant échangent un coup d'œil. Deuxième acte. Au tour du lieutenant d'extraire de son dossier une nouvelle photo et de la passer à Paturel. Toujours le parking, toujours la même lumière, et lui en train de cogner sur le travelo. Une autre photo : le travelo, salement amoché, en vrac contre un gros pneu de 4 × 4. Qui a bien pu prendre ces photos, merde ? Ivan ? Il était là, à ce moment-là.

Le lieutenant attaque.

— Sur ces photos, vous êtes encore en train de jouer ?

Paturel ne répond pas, il regarde longuement les clichés, la colère monte dans son ventre, dans sa gorge.

— Qui a pris ces photos, qui vous les a données ? C'est pas le travelo quand même ?

Les deux officiers échangent de nouveau un regard, puis le lieutenant sourit très aimablement à Paturel.

— Celui que vous appelez le travelo, et dont le nom est M. Larbi, les a transmises à la police lorsqu'il a porté plainte…

— Porter plainte ? Un travelo ? Il n'a pas honte…

— Après votre séance récréative, M. Larbi a été transporté à l'hôpital où il a subi deux opérations. Trente jours d'ITT. Vous reconnaissez les faits ?

Paturel se redresse brutalement.

— Des ITT, pour un travelo qui vit de son cul, ça, c'est un comble. Je l'ai peut-être un peu bousculé, pas plus. Et je suis pas un mac, comme vous essayez de le faire croire.

Vous devriez pas être fiers de ce que vous faites. Je suis un sous-brigadier de la police nationale, responsable d'une équipe de BAC de nuit, un métier difficile et dangereux, et j'ai toujours été bien noté par mes chefs. Et vous venez m'emmerder pour la plainte d'un travelo. Le monde à l'envers.

Les deux officiers reprennent les photos, les classent, referment leurs dossiers, d'un même geste.

Pour Paturel, les ennuis ne font que commencer. Direction le cabinet du juge d'instruction, mise en examen, détention préventive. En attendant la suite.

Pasquini attend au volant de la voiture, dans la cour du ministère de l'Intérieur. Voilà deux heures maintenant que Le Muir est en réunion de travail avec un conseiller du ministre. Ça fait long. Bon signe ? Mauvais signe ? Il feuillette un bon polar d'Ed McBain sans parvenir à le lire. Profondément inquiet. Le Muir a eu beau dire que l'article du *Bavard* était un mauvais article, qui visait trop de cibles à la fois, qui jouait sur des insinuations, sans apporter aucun élément de preuve, qu'il n'aurait aucun effet, n'empêche. Véry est furieux de voir émerger le thème de la spéculation immobilière au milieu de tout ce fatras politico-humaniste, et il a raison. Moins on en parle et mieux ça vaut, parce qu'un jour ou l'autre les immeubles sortiront de terre, et ce jour-là… Et puis lui, sur ce coup, il joue sa vie. Il finit riche ou en taule, de quoi être nerveux.

Le Muir sort de l'immeuble, traverse la cour. Au premier coup d'œil, il est rassuré. Sa démarche est énergique, souple, presque enjouée. Elle s'assied à côté de lui, la voiture démarre. Elle fouille, cherche un disque, le trouve. Le grand air de la séduction entre Don Juan et Zerlina. Ça aussi, c'est bon signe. Elle suit la musique, les yeux fermés, l'air ravi.

Il faut attendre la fin du duo pour qu'elle commence à parler. Mais Pasquini est patient, et puis il a l'habitude.

— J'ai pris un sacré savon. Je ne sais pas tenir mes troupes. J'aurais dû faire le ménage depuis longtemps. Tout cela est vrai. Et finalement, le ministre nous soutient, nous gardons l'enquête, mais avec une obligation de résultats très rapides.

— Ce ne sera pas si facile.

— Détrompez-vous, c'est presque fait. Avec le jeune Camara, nous avons sous la main un coupable très présentable.

Elle se tait, semble s'absorber dans le rangement des CD. Puis elle reprend :

— D'après le procureur Chautemps, le jeune Camara serait à l'origine des bruits qui ont alimenté l'article du *Bavard* sur la spéculation immobilière autour des squats. L'instruction ne va pas être triste... Mais enfin, nous sommes sur la bonne voie, et l'issue ne devrait plus tarder.

\*

Bosson est profondément inquiet. L'IGS cherche des crosses à Paturel et à Marty, pour une histoire de putes, dont tout le monde se fout. Ça sent le coup fourré pour faire payer les lampistes, comme d'habitude. Il est d'autant plus mal à l'aise que Genêt et lui savent qu'il y a sans doute bien plus grave derrière, mais ils ne diront rien.

Cette histoire de putes, comment l'IGS l'a-t-elle sue ? Djindjic ? Bosson n'arrive pas à y croire. Paturel et Marty n'ont plus eu de nouvelles de lui depuis le soir de la fête et le début de ses congés. Il aurait été convoqué à l'IGS en même temps que les deux autres et ne se serait pas présenté à sa convocation, du moins d'après ce que disent ces tordus de l'IGS, dont il faut évidemment se méfier. S'il était là, il pourrait peut-être témoigner à décharge. D'après ce qu'a dit l'avocat, il ne figure sur aucune photo. Il faudrait pouvoir lui parler, mais son portable est toujours sur répondeur, et Bosson n'a pas d'autres numéros où le joindre. D'accord, il est en congé, mais cela ne suffit pas à expliquer son silence. Bosson veut en avoir le cœur net.

À trois heures de l'après-midi, l'immeuble est assez tranquille. Bosson enfile une fine paire de gants en plastique dont il s'est muni à tout hasard — un vieux souvenir, un brin de nostalgie, depuis combien d'années traîne-t-il dans les bureaux du commissariat, en parfait bureaucrate ? — et prend tout son temps pour « interroger » la serrure de Djindjic à l'aide d'un gros trousseau de passes. Elle est toute simple et cède en douceur. Bosson entre, referme soigneusement derrière lui. Silence, noir profond. Il cherche en tâtonnant un interrupteur, le trouve. La lumière n'est pas coupée, une grande suspension, au centre de la pièce, éclaire vivement un petit studio, bien aménagé, sous les toits. Deux vasistas, fermés par des rideaux noirs très hermétiques, un coin-cuisine, une table et deux chaises, le tout très propre, impeccablement rangé. Le long du mur du fond, un lit étroit, recouvert d'une couverture marocaine blanche et noire et de coussins de couleurs vives. L'air est immobile, confiné, une très légère couche de poussière se dépose sur les surfaces planes. La pièce pue l'absence, l'angoisse. Pourtant, l'électricité n'a pas été coupée... Bosson repère, derrière la porte d'entrée, deux valises pleines, prêtes au départ. Vérification rapide : le placard près du lit, pas bien grand, est vide. Dans la minuscule salle d'eau aménagée dans un coin, plus d'affaires de toilette. Djindjic s'apprêtait à partir. Pour ses vacances ? Définitivement ? Et il ne l'a pas fait.

Sur la table, bien en évidence, un mot, à l'encre bleue, grande écriture penchée. Il s'approche.

« Je t'ai attendu toute la nuit, je rentre à Toulouse, je suis inquiète, appelle-moi dès que tu peux.

Carole »

Pas de date. Le répondeur clignote. Bosson consulte la liste des appels. Les siens et ceux de Carole. Il prend son portable et appelle la dénommée Carole. Une voix de femme, jeune, claire répond dès la deuxième sonnerie.

— Vous êtes Carole ?

— Et vous, qui êtes-vous ?

— Je suis le brigadier-major Bosson, je cherche à joindre Ivan Djindjic, dont je n'ai pas de nouvelles et nous sommes inquiets.

— Vous n'avez pas de raisons d'être inquiets. Ivan n'a pas à vous donner de nouvelles, il a démissionné de la police.

Silence. Bosson encaisse. Pas facile.

— Qu'est-ce que vous avez dit ?

— Vous m'avez très bien entendue.

— Quand aviez-vous votre dernier rendez-vous avec lui, mademoiselle ?

— Dans la soirée du 7 septembre, chez lui, à Paris.

Cette foutue soirée, qu'est-ce qui a bien pu se passer ? J'aurais pas dû partir...

199

— Et il n'est pas venu ?

— Non, il n'est pas venu. Nous devions rentrer ensemble à Toulouse où son nouvel employeur l'attend toujours.

— Ce nouvel emploi, c'est… ?

— Ce qu'il a toujours voulu faire. Moniteur pour les benjamins, dans un bon club de foot.

Bien sûr. Djindjic, un footeux à qui le président du club de Sainteny, un copain du maire de Lisle-sur-Seine, trouve une planque d'ADS dans la police à Lisle-sur-Seine pour qu'il puisse continuer à s'entraîner et à jouer sans passer professionnel, parce que le club ne pourrait pas le payer. Bombardé gardien de la paix titulaire, sans l'avoir jamais demandé, après la bagarre à Lisle-sur-Seine, dans laquelle son rôle n'est pas bien clair. Un policier par raccroc. Parfois ça fait des bons flics, pas toujours. Il dit à sa petite amie qu'il démissionne, sans le faire vraiment. Coincé de tous les côtés, il se tire. Une bonne grosse dépression que je n'ai pas vue venir. Il n'a pas donné Paturel et Marty à l'IGS, il n'est pas en état de le faire, mais il ne peut pas non plus les en sortir.

— Mademoiselle, vous devriez signaler la disparition d'Ivan Djindjic à la police du dix-huitième arrondissement de Paris.

Bosson coupe la communication. Il regarde son portable. Moi aussi, je devrais bien m'occuper de sa disparition, et tout de suite, encore. Mais ça m'emmerde, j'ai d'autres choses à penser. Et il glisse son portable dans sa poche.

*

Mercredi après-midi. Exceptionnellement, Pierre Véry n'est pas au garage Vertu. Il a emmené ses deux gosses, un garçon de neuf ans et une fille de sept ans, jouer au jardin des Tuileries. Il leur a offert un très joli bateau à voile télé-commandé et les surveille pendant qu'ils le font naviguer sur le grand bassin. Les enfants sont déjà trempés des pieds à la tête et ravis. Pasquini entre dans le jardin par la place de la Concorde, s'approche de Véry. Les deux hommes font côte à côte un tour de bassin, Pasquini parle, Véry garde un œil sur les gosses et l'écoute. Puis Pasquini s'arrête, répète : « Camara, préventive, à Villepinte. » Véry hoche la tête. Il n'a pas dit un mot.

Pasquini s'en va.


À la prison de Villepinte, comme chaque jour, promenade dans la cour. Camara marche seul en traînant les pieds, tête basse, déprimé. Cinquante pas sur le grand côté, le long du grillage. Il raccourcit ses pas, pour en faire plus, comme s'il allait plus loin. Les semaines s'accumulent, bientôt les mois, et il ne voit rien venir. L'autre jour, il a joué les bravaches avec la fliquette, petit sourire, il est content de ce souvenir mais, maintenant, il se sent écrasé par le poids de la solitude, de l'enfermement. Vingt-cinq pas sur le petit côté, le long du mur. Du manque aussi, le shit est devenu un besoin de plus en plus pressant. Et si on l'oubliait, là, dans ce trou ? Il relève la tête, coup d'œil circulaire, l'impression que tout le monde l'évite aujourd'hui, arrête, tu deviens parano. De nouveau le grillage. Quand il arrive au bout, il ne sent rien venir, aucune méfiance, quelqu'un, dans son dos, le préci-pite contre le grillage, l'immobilise violemment d'une clé, il va pour hurler, une main le bâillonne, une douleur en vrille dans le dos, entre les côtes, un flot de sang dans les yeux, puis plus rien. Le corps de Camara s'affaisse légèrement, tassé dans l'angle entre le mur et le grillage, puis glisse lentement au sol, une longue aiguille de plastique acérée profondément plantée dans le dos, à la hauteur du cœur. Mort instantanée, très peu de sang, et pas de témoins.

*

Isabelle rentre chez elle, après une nuit fatigante en police secours. Elle s'arrête, surprise. Devant la porte de son immeuble, debout, l'air emprunté, en blue-jeans et sweat-shirt, Sébastien Doche.

— Je suis venu te dire adieu.

Bouffée d'émotion. Le souvenir de sa première journée au commissariat de Panteuil, la rencontre avec Doche dans le hall, sympathie immédiate, peut-être même de l'attirance, leurs nuits sur les bancs du car de police secours, les souffrances côtoyées ensemble, une confiance et une intimité naissantes, un respect partagé. Sébastien Doche, dans le commissariat, c'est comme un petit coin de tendresse dans ce monde de brutes. Elle lève la main, lui effleure la joue du bout des doigts. Il continue :

— Tous mes collègues sont convaincus que j'ai donné Paturel à l'IGS, et ils me boycottent systématiquement. Plus personne ne me parle, c'est devenu invivable, je démissionne et je m'en vais.

— Et c'est vrai ?

— Non. Haussement d'épaules. Mais j'aurais peut-être

pu le faire, si j'avais eu quelque chose à dire, je ne sais pas. Je n'ai jamais aimé les macs. Alors, les flics macs…

— Les enquêteurs de l'IGS ont laissé entendre à Bosson que toute l'affaire reposait sur ton témoignage. Paturel t'aurait fait des confidences sur le chemin du camp des Roms, et tu aurais mis l'IGS sur la piste des putes du parking.

— Que veux-tu que je te dise ? Ce soir-là, j'étais aussi saoul que Paturel. Probablement que ça les arrange de raconter ça. Je ne sais pas pourquoi. Je ne cherche plus à comprendre. Ce n'est pas un métier pour moi, voilà tout.

Isabelle fait un pas en avant, elle est tout près de lui, elle pose sa main sur sa nuque, approche ses lèvres des siennes, murmure :

— Je vais me sentir très seule après ton départ. Laisse-moi au moins un souvenir, que je puisse garder longtemps.

Il ose enfin faire un geste vers elle, la toucher, la prendre dans ses bras, l'embrasser. Le bonheur, fragile, au coin d'une rue.


Dans une petite salle du tribunal de Bobigny, le procureur Chautemps fait face à une cinquantaine de journalistes, émoustillés par l'article du *Bavard impénitent*. Point-presse. Pour lui, l'exercice est nouveau et redoutable. En haut lieu, on ne lui a pas laissé le choix. La mode est à la transparence affichée. Et puis, dans ce cas précis, il y a urgence. Dans son costume sombre, il sue abondamment, se sent seul, cherche du regard ses soutiens dans la salle, un représentant des Stups, Marmont, de l'IGS, l'équipe des enquêteurs du commissariat de Panteuil au complet.

Réconfortant. Et tout au fond de la salle, Noria Ghozali,

des RGPP. Il se serait bien passé d'elle. Elle brouille le jeu. Sa peur monte d'un cran. Le silence se fait dans la salle, il se racle la gorge et se lance.

L'objet de cette rencontre est de faire le point sur l'avancée de l'enquête sur l'incendie du squat des Maliens, rue Vieille, à Panteuil. Enquête confiée par ses soins au commissariat de Panteuil, qui avait arrêté deux suspects la nuit même et sur les lieux de l'incendie. L'un des deux a été rapidement mis hors de cause, et relâché. L'autre, Laye Camara, avait admis une part de responsabilité dans ses premières dépositions. Une collaboration étroite avec l'OCRTIS a permis d'établir qu'il était bien connu de ce service et appartenait à un réseau de trafiquants guinéens.

Sur ce sujet, le procureur est à l'aise et détaille pendant quelques minutes la nouvelle géographie du commerce de la drogue et la part croissante qu'y occupe l'Afrique de l'Ouest, où s'implantent les premiers laboratoires de raffinage et de fabrication africains. Dans la salle, l'attention faiblit. Noria, le regard vague, décroche, tout à son souvenir de Camara, presque tendre. Trafiquant international, lui, en d'autres circonstances, elle en aurait bien ri.

Le procureur revient à l'enquête, après sa longue digression. Quand Camara a compris l'ampleur des charges qui pesaient sur lui, il a commencé à collaborer avec la police. Noria lève les yeux vers le procureur, croise son regard, qui ne la lâche pas, comme s'il voulait l'hypnotiser, l'immobiliser, l'anéantir. Il détache chaque mot. Hier Camara a été assassiné dans la cour de la prison de Villepinte où il était incarcéré au cours de la promenade quotidienne. Exclamations dans la salle. Noria se fige, revoit Camara, malin, cherchant sa complicité, l'entend dire : « Si les Lepage sont dans le coup d'une façon ou d'une autre, ça n'ira pas jusqu'au procès. » Tu ne croyais pas si bien dire. Une immense fatigue, le sentiment d'un gigantesque fiasco et une grande envie de pleurer. Le procureur continue sur l'enquête qui sera désormais confiée aux Stups, puisqu'elle change de nature. Puisque l'incendiaire est décédé elle portera essentiellement sur le démantèlement du réseau guinéen auquel appartenait Camara. Dont le procureur sous-entend au passage qu'il pourrait bien avoir des responsabilités directes dans l'assassinat de celui qui aurait pu devenir un témoin à charge.

Les questions fusent sur l'assassinat de Camara, le procureur promet une vigoureuse remise en ordre de la prison de Villepinte et des sanctions. Puis quelques questions émergent sur le commissariat de Panteuil, et le procureur se livre à un brillant exercice de langue de bois. D'une part, il rend hommage au remarquable travail policier accompli, de l'autre, il promet des sanctions sans complaisance à l'égard des brebis galeuses, signale que, d'ailleurs, deux policiers de Panteuil ont été mis en examen et écroués pour faits de violence et proxénétisme. Il fait confiance à l'IGS, qui travaille en liaison avec les instances judiciaires sur ce dossier.

Noria n'entend rien. Elle est assise très droite sur sa chaise, le regard dans le vide, submergée par un ensemble d'images et d'émotions qu'elle ne parvient plus à contrôler. La réapparition du fantôme de Jantet, le travelo, qui l'appelle sa sœur, les Maliens dans le gymnase, le regard de Traoré, insoutenable, et maintenant l'assassinat de Camara, complice d'un instant... Où es-tu ? Qu'as-tu fait de ta vie ? S'il était là, Macquart te regarderait avec ce drôle de sourire, lèvres serrées, pas rassurant, et parlerait de crise de la quarantaine. Peut-être. Il te dirait : Tu es commandant de police, c'est ton identité et

205

ta famille. Bien. Définition. Certitude. Ne t'arrête pas là. Un policier construit ses dossiers sur l'accumulation de preuves. Pas de preuves, pas de coupable. Tu as bien parfois un peu triché sur la façon d'obtenir des preuves, jamais sur le principe de base. Le Muir a une autre conception du travail de la police. Elle a des convictions, ou des certitudes, et cela lui suffit pour monter un dossier, elle se fout des preuves, elle fait du travail de police un instrument de lutte idéologique, elle remplace la recherche de la preuve par une habile politique de communication, et c'est elle qui gagne. Elle est dans l'air du temps, pas toi. Toi, tu es dépassée. Il est temps de prendre du recul. Change de famille, change de vie. Tu l'as déjà fait une fois, pourquoi pas deux ? Crise de la quarantaine ? Peut-être. Crise quand même.

# ÉPILOGUE

Pas un bruit dans l'appartement, tout le monde dort. Dehors, la cité aussi est endormie. Rifat se lève, sans un bruit, vérifie qu'il n'a pas réveillé son petit frère et sa petite sœur, prend le paquet de vêtements préparé au pied de son lit et sort de la chambre. Dans le couloir, il écoute quelques secondes la respiration de sa mère à travers la porte de sa chambre. Sommeil profond. Il se glisse dans la salle de bains et commence à s'habiller. Lentement, solennellement, comme dans un rituel guerrier imaginaire. Si longtemps qu'il attend ce moment. Depuis qu'il s'est fait tabasser et arrêter par les flics sur la dalle de Panteuil, et qu'il a reconnu Djindjic sur les marches du commissariat. Ce jour-là, deux côtes et le nez cassés, un pneumothorax, un début d'asphyxie aux gaz lacrymogènes. À l'hôpital, le médecin lui a dit qu'il était jeune, qu'il s'en remettrait, qu'il fallait éviter de jouer les victimes. Il a des crises d'asthme dès que la pression monte, et elle monte souvent. Au jugement de Toufik, quand il a entendu six ans de taule, il s'est étouffé, il a fallu appeler le Samu. Toufik, si attentif, serviable, qui lui prêtait des livres, l'aidait à faire ses devoirs, et lui racontait les villes qu'il rêvait de construire, un jour, quand il serait architecte. Ils avaient projeté de partir ensemble, l'été prochain peut-être, visiter Samarkand. Deux vies brisées avant même de commencer, rien, rien n'est plus injuste.

Mais ce soir, il est un combattant sur le chemin de la vengeance. Une toute petite vengeance, pas à la hauteur des dommages causés par les flics, mais un premier geste, qu'il médite depuis des jours. Il se rase soigneusement les trois poils de barbe qu'il a au menton, se peigne les cheveux en arrière, les fixe, enfile un survêtement noir à capuche, des chaussettes noires, des baskets noires, presque neuves. Il aura peut-être à courir. Un coup d'œil à la glace, il estime faire un justicier acceptable. Il attrape le sac à dos noir qu'il a caché sous la baignoire, vérifie le contenu : une paire de gants en caoutchouc, un bouchon de liège brûlé pour se noircir le visage, trois bombes de peinture noire, tout y est. Il enfile les bretelles du sac et sort de l'appartement sans réveiller personne.

Il prend le dernier tram, marche ensuite pendant trois kilomètres pour atteindre la bretelle d'accès de Panteuil à l'A86 et monte sur l'autoroute côté intérieur. Il court au petit trot sur la bande d'arrêt d'urgence, ne pas presser l'allure, ne pas déclencher une crise d'asthme, continuer à ce rythme pendant un kilomètre avant d'atteindre le pont qui franchit le canal. C'est long. Des voitures, phares allumés, le doublent en trombe, son ombre distordue qui bascule dans la nuit lui fait peur, et il a lu quelque part que la durée moyenne de vie d'un piéton sur une autoroute est d'un quart d'heure. Pas rassurant. Il arrive enfin au pont, saisit le bouchon de liège dans le sac à dos, se noircit le visage — peinture de guerre ou camouflage ? —, prend la première bombe de peinture, un essai, ça marche. Il franchit le parapet. Les pieds sur le rebord de la corniche, il s'accroche de la main gauche au parapet et commence à taguer, en grandes lettres maladroites, la peinture crachote et coule, c'est sa première tentative : « Flics… » Rifat doit avancer en même temps qu'il tague, ce n'est pas facile.

Au « s » de flics, l'alerte est donnée par une voiture de police qui patrouille aux abords de la cité des Musiciens. L'alerte est immédiatement relayée sur le réseau départemental de la police. Un tagueur sur le pont de l'A86, côté intérieur, à la hauteur de Panteuil. Une occasion à ne pas manquer. Amusant et sans risque. La chasse est ouverte. Les deux premières voitures arrivent, gyrophares allumés, sirènes hurlantes, par l'A86. Quand Rifat finit d'écrire « … tueurs on… », les voitures s'arrêtent, les flics sautent à terre. Une équipe neutralise la voie de droite de l'A86 pendant que deux policiers courent le long du pont, de puissantes lampes torches braquées sur le parapet. En bas, le long du canal, trois autres voitures arrivent à vive allure en faisant crisser les gravillons du chemin de halage. Sur le pont, les deux policiers ont repéré Rifat qui se dépêche d'achever sa phrase « …vous tura. » Il n'a pas écrit le « e », il sait que les secondes lui sont comptées, l'important, c'est le sens. Le premier policier arrivé à la hauteur de Rifat se penche par-dessus le parapet et, sans attendre son équipier qui a pris du retard et s'essouffle à le suivre, saisit le gamin par le poignet et cherche à le hisser sur l'autoroute. Rifat a un violent geste de recul, souffle coupé, il tangue au-dessus du vide. À cet instant précis, une des voitures de patrouille arrêtées au bord du canal allume un puissant projecteur et le braque sur la scène qui se joue là-haut. Le policier, ébloui, désorienté, desserre son étreinte, le poignet du gamin lui glisse entre les doigts.

Rifat tombe dans le canal une dizaine de mètres plus bas, à plat dos. Il s'enfonce dans l'eau, refait surface, brièvement, les deux bras battant l'eau, bouche grande ouverte, sans un cri, puis replonge. Sur la rive, le projecteur a été braqué sur la surface du canal, scintillante de vaguelettes qui accrochent la lumière, une dizaine de policiers regardent Rifat se débattre au milieu de ce feu d'artifice.

— Un bon bain, ça va lui remettre les idées en place.

— Il faudrait peut-être l'aider à se tirer de là... plonger...

— Ça va pas, plonger dans cette eau dégueulasse... Et puis, je ne sais pas nager.

— T'inquiète, les jeunes d'aujourd'hui, eux, ils savent tous nager. Il s'amuse à nous faire des frayeurs.

— Il est en train de se noyer... J'appelle les pompiers...

Encore deux soubresauts, puis plus rien. Les gyrophares, le projecteur se reflètent maintenant sur une surface grise et lisse.

Les pompiers, arrivés cinq minutes plus tard, constatent la disparition du jeune tagueur, probablement noyé. La recherche du corps est remise au lendemain.

Au matin, les pompiers reviennent draguer le canal pendant que les enquêteurs de la police rassemblent les premiers éléments matériels qui vont permettre d'éclairer les circonstances de l'accident. Le tag « Flics tueurs on vous tura » est photographié, mesuré. La peinture du « a » a coulé, au moment même où le jeune tagueur lâchait prise, à l'aplomb du canal.

Au bout d'une journée de recherches, les pompiers ramènent un corps trop abîmé par un long séjour dans l'eau pour être celui du jeune tagueur. Les recherches se poursuivent donc et le corps de Rifat Mamoudi est remonté le lendemain. Pendant ce temps, le premier cadavre est identifié, sans grandes difficultés. Ivan Djindjic.

Beaucoup d'émotion au commissariat de Panteuil. Djindjic était un excellent policier, surtout pas un faiseur d'histoires, tous ses collègues tiennent à lui rendre hommage. Il y a de l'agitation sur les berges du canal. La presse est là, deux cadavres, enquêtes en cours, décidément, le commissariat de Panteuil ne cesse de faire parler de lui. Le procureur Chautemps, maintenant bien rodé, tient un point-presse improvisé et donne quelques indications sur la direction que ces enquêtes semblent prendre. Le jeune tagueur est tombé accidentellement du pont où il se livrait à ses activités nocturnes répréhensibles et dangereuses. La police est hors de cause. Quant au corps du policier, non, il ne s'agit pas d'un suicide de plus dans la police mais, là encore, d'un accident. Les deux accidents n'ont d'ailleurs aucun lien entre eux. Dans la nuit du 7 au 8 septembre, Djindjic n'était pas en service et avait malheureusement beaucoup bu, ce qui n'était pas dans ses habitudes, quand il a quitté seul, ses collègues en témoignent, la fête organisée en son honneur aux Mariniers, tout proches du canal. Il avait alors fait part de son intention de marcher sur le chemin de halage pour prendre l'air et se rafraîchir avant son rendez-vous avec sa fiancée, auquel il ne s'est jamais rendu. C'est au cours de cette promenade nocturne et solitaire qu'il est tombé dans le canal. Les berges, à cette heure-là, étaient désertes et l'accident n'a pas été signalé.

Sur le pont, à une dizaine de mètres au-dessus du rassemblement des journalistes, les services municipaux s'emploient à effacer le tag : « Flics tueurs on vous tura. » Il aura tenu moins de quarante-huit heures.

# Déjà parus dans la même collection

Thomas Sanchez, *King Bongo*
Norman Green, *Dr Jack*
Patrick Pécherot, *Boulevard des Branques*
Ken Bruen, *Toxic Blues*
Larry Beinhart, *Le bibliothécaire*
Batya Gour, *Meurtre en direct*
Arkadi et Gueorgui Vaïner, *La corde et la pierre*
Jan Costin Wagner, *Lune de glace*
Thomas H. Cook, *La preuve de sang*
Jo Nesbø, *L'étoile du diable*
Newton Thornburg, *Mourir en Californie*
Victor Gischler, *Poésie à bout portant*
Matti Yrjänä Joensuu, *Harjunpää et le prêtre du mal*
Äsa Larsson, *Horreur boréale*
Ken Bruen, *R&B — Les Mac Cabées*
Christopher Moore, *Le secret du chant des baleines*
Jamie Harrison, *Sous la neige*
Rob Roberge, *Panne sèche*
James Sallis, *Bois mort*
Franz Bartelt, *Chaos de famille*
Ken Bruen, *Le martyre des Magdalènes*
Jonathan Trigell, *Jeux d'enfants*
George Harrar, *L'homme-toupie*
Domenic Stansberry, *Les vestiges de North Beach*
Kjell Ola Dahl, *L'homme dans la vitrine*
Shannon Burke, *Manhattan Grand-Angle*
Thomas H. Cook, *Les ombres du passé*
DOA, *Citoyens clandestins*
Adrian McKinty, *Le Fleuve Caché*
Charlie Williams, *Les allongés*

David Ellis, *La comédie des menteurs*
Antoine Chainas, *Aime-moi, Casanova*
Jo Nesbø, *Le sauveur*
Ken Bruen, *R&B — Blitz*
Colin Bateman, *Turbulences catholiques*
Joe R. Lansdale, *Tsunami mexicain*
Eoin McNamee, *00h23. Pont de l'Alma*
Norman Green, *L'ange de Montague Street*
Ken Bruen, *Le Dramaturge*
James Sallis, *Cripple Creek*
Robert McGill, *Mystères*
Patrick Pécherot, *Soleil noir*
Alessandro Perissinotto, *À mon juge*
Peter Temple, *Séquelles*
Nick Stone, *Tonton Clarinette*
Antoine Chainas, *Versus*
Charlie Williams, *Des clopes et de la binouze*
Adrian McKinty, *Le Fils de la Mort*
Caryl Férey, *Zulu*
Marek Krajewski, *Les fantômes de Breslau*
Ken Bruen, *Vixen*
Jo Nesbø, *Le bonhomme de neige*
Thomas H. Cook, *Les feuilles mortes*
Chantal Pelletier, *Montmartre, Mont des Martyrs*
Ken Bruen, *La main droite du diable*
Hervé Prudon, *La langue chienne*
Kjell Ola Dahl, *Le quatrième homme*
Patrick Pécherot, *Tranchecaille*
Thierry Marignac, *Renegade Boxing Club*
Charlie Williams, *Le roi du macadam*
Ken Bruen, *Cauchemar américain*
DOA, *Le serpent aux mille coupures*
Jo Nesbø, *Chasseurs de têtes*

Antoine Chainas, *Anaisthêsia*
Alessandro Perissinotto, *Une petite histoire sordide*
Dashiell Hammett, *Moisson rouge*
Marek Krajewski, *La peste à Breslau*
Adrian McKinty, *Retour de flammes*
Ken Bruen, *Chemins de croix*
Bernard Mathieu, *Du fond des temps*
Thomas H. Cook, *Les liens du sang*
Ingrid Astier, *Quai des enfers*

*Composition : Nord Compo.*
*Achevé d'imprimer*
*sur Roto-Page*
*par l'Imprimerie Floch*
*à Mayenne, le 19 janvier 2010.*
*Dépôt légal : janvier 2010.*
*Numéro d'imprimeur : 75672.*

ISBN 978-2-07-012832-7 / Imprimé en France.